Tod unterm Tannenbaum

Zu diesem Buch

19 spannende Kurzkrimis aus den Federn namhafter, teils preisgekrönter Autorinnen und Autoren, die Weihnachtliches auf ihre Weise beschreiben. Ob zwischen Weinheim und dem Bodensee, auf Christkindlmärkten und in heimischen Stuben, unter Lichterketten und dem Tannenbaum – das Verbrechen ruht auch an Weihnachten nicht.

An der Schwäbischen Bergstraße inspirieren Sägespäne zu grausigsten Morden. Eine Heilbronner Ehefrau lässt etwas passieren. Der Küster in Schwäbisch Hall hat zu viele „Tatorte" gesehen.

Das fehlende Weihnachtsgeld verleitet in Stuttgart Nichte und Onkel zu einem Banküberfall.

In Bad Cannstatt stirbt ein verhasster Vermieter. Während des Gottesdienstes sorgt eine Bombendrohung für Aufruhr. Eine Hausfrau lässt ihre allgegenwärtige Schwiegermutter von Pralinen naschen. Hinter den Gittern von Stammheim geht es multikulti zu. In Möhringen gibt ein Geschäftsmann seinen Weihnachtswunsch in Auftrag.

Ein unter Wert verkaufter Teppich wird im Waldenburger Schloss Anlass zu kreativen Taten.

Die Weihnachtsfeier einer Familie in Esslingen endet tragisch und auf den Fildern floriert das Geschäft mit Haschischkeksen.

In Tübingen begegnet einer Detektivin ein Engel. Ein entflohener Sträfling begleicht auf dem Weihnachtsmarkt eine alte Rechnung und der untreue Ehemann wird sein Geschenk bitter bereuen.

Auf der Schwäbischen Alb kreischt die Kettensäge und eine Bauersfrau verschwindet spurlos.

Der Nikolaus vermasselt in Ulm seine Diebestour. Am Bodensee treibt ein Wichtel sein Unwesen.

Zur Herausgeberin

Gudrun Weitbrecht hat zahlreiche Kurzkrimis, außerdem zwei Kriminalromane im Theiss Verlag veröffentlicht. „Tod unterm Tannenbaum" ist ihre vierte Schwaben-Anthologie als Herausgeberin.

Tod unterm Tannenbaum

Weihnachtskrimis aus dem Ländle

Herausgegeben von Gudrun Weitbrecht

Mit Beiträgen von

Nessa Altura · Sybille Baecker · Til Bauer · Bettina Hellwig
Tanja Jaurich · Anita Konstandin · Rudi Kost · Tatjana Kruse
Veit Müller · Ingrid Noll · Heiger Ostertag · Helena Reich
Britt Reißmann · Gisela Sachs · Niklaus Schmid
Michael Wanner · Peter Wark · Stefanie Wider-Groth
Gudrun Weitbrecht

THEISS

Bibliografische Information der Deutschen Nationalbibliothek
Die Deutsche Nationalbibliothek verzeichnet diese Publikation in der Deutschen Nationalbibliografie; detaillierte bibliografische Daten sind im Internet über http://dnb.d-nb.de abrufbar.

Umschlaggestaltung und Bild: Stefan Schmid Design, Stuttgart

Lektorat: Susann Säuberlich, Neubiberg
Satz und Gestaltung: Satzpunkt Ursula Ewert GmbH; Bayreuth
Druck und Bindung: CPI Ebner & Spiegel, Ulm
ISBN 978-3-8062-2685-0
eBook (PDF): 978-3-8062-2739-0
eBook (epub): 978-3-8062-2740-6

Besuchen Sie uns im Internet www.theiss.de

Inhalt

INGRID NOLL

Auch Sägespäne rieseln leise

Obwohl wir im Musterländle lebten, sah es bei uns ziemlich unordentlich aus, was mir gründlich gegen den Strich ging. Wenn beide berufstätig sind, muss man nicht täglich die Betten machen, verteidigte sich Annette. Meine schwäbische Mama bügelte sogar Unterwäsche und Socken, weswegen meine Frau prompt das Plättbrett abgeschafft hat. Meine Aufgabe war es, die gewaschenen Sachen zusammenzufalten und in den Schrank zu legen. Auch sonst hatten wir die Pflichten aufgeteilt. Annette war Lehrerin an einer Bergsträßer Realschule und hatte am Nachmittag etwas mehr Zeit als ich, sodass sie sich ums Kochen und Einkaufen kümmerte, während ich am Wochenende zum Staubsauger griff, den Müll hinunterbrachte und die leeren Flaschen wegschaffte. Ich kümmerte mich auch um alle finanziellen Transaktionen, um die Heizung, die Wartung und das Tanken des Autos und um den ständigen Ärger mit Annettes Computer. Meine Frau war technisch nicht sonderlich begabt – in der Schule unterrichtete sie Deutsch und Kunst. Natürlich war sie dankbar, wenn ich ihr gelegentlich half, verlorene Dateien oder verlegte Sonnenbrillen zu finden.

Eines Tages mussten wir einen Hund in Pflege nehmen, weil sich Annettes Kollege den Blinddarm herausnehmen ließ. Ich bin ohne Haustiere aufgewachsen und konnte mich nur schwer an den Vierbeiner gewöhnen, der sofort witterte, dass ich ihn nicht mochte. Wie gesagt, die Daunendecken wurden bei uns nicht täglich aufgeschüttelt. So merkten wir anfangs gar nicht, dass der Hund in unserer Abwesenheit im Ehebett zu schlafen pflegte. Annette war es, die eines Mittags eine Siesta halten wollte und das noch warme Lager entdeckte. Ich mutmaßte, dass der Hund seinem Herrchen nachts die Füße wärmen durfte, was Annette leugnete. Immerhin hatte der Werklehrer erzählt, dass sein Liebling einen gezielten Hochsprung beherrsche, um mit der Pfote auf die Klinke zu drücken und sich somit überall Einlass zu verschaffen.

Von da an wurde es mir zur Gewohnheit, vor dem Schlafengehen schnell über das Laken zu streichen, ob dort nicht vielleicht der Rest einer verräterischen Wärme zu spüren war, ein paar Hundehaare oder Schlimmeres an meinen Händen kleben blieben. Dann hätte ich den Köter sofort im Tierheim abgegeben. Erstaunlicherweise war es aber nichts Weiches, das ich eines Abends ertastete, und erst als ich den kleinen Gegenstand ans Licht hielt, konnte ich ihn erkennen: ein Sägespan.

Meine Frau, die bereits schlief, wollte ich nicht eigens wecken, um über das holzige Fundstück zu streiten, stattdessen legte ich das Corpus delicti einfach auf den Nachttisch. Erst als ich eine Woche später durch ein Piksen am Bein aus dem Tiefschlaf gerissen wurde, machte ich mir Gedanken. Wie kam schon wieder ein Span in unser Ehebett? Der Hund, den ich anderentags widerwillig absuchte, wies weder Zecken, Flöhe, Läuse noch anderes Ungeziefer auf – und schon gar keine Späne. Woher sollten sie auch kommen, wo Annette immer nur kurz mit ihm am Ufer der Weschnitz entlangging und ihn dabei wohlweislich an die Leine nahm.

Im Unterbewusstsein hatte ich wohl schon eine böse Ahnung, denn ich erzählte meiner Frau nichts von den Funden, die auch nicht aufhörten, als der Rüde längst wieder zu Hause war. Mit ihr war in letzter Zeit sowieso nicht gut Kirschen essen, oft genug reagierte sie gereizt. Wenn ich ihr Schlamperei vorwarf, schalt sie mich einen Korinthenkacker. In Gedanken war sie ständig woanders und verbrachte außerdem mehr Zeit im Badezimmer als in der Küche. Ich begann, Verdacht zu schöpfen, sammelte die Späne in einem leeren Senfglas, zählte sie und notierte mir genau, wann ich ein weiteres Teil im Bett oder auf dem Schlafzimmerteppich gefunden hatte; es war stets am gleichen Wochentag. Anscheinend trieb es meine Frau jeden Donnerstag mit einem Holzfäller – hatte nicht schon Lady Chatterley ihren Mann mit einem virilen Wildhüter betrogen?

Na warte, dachte ich. Bei nächstbester Gelegenheit nahm ich mir einen halben Tag frei, kam überraschend zur Mittagszeit nach Hause, erwischte den kraftstrotzenden Naturburschen im Lotterbett und erschlug ihn mit seiner eigenen Axt. Schön wär's gewesen. Das Problem mit den Sägespänen – gelegentlich waren es mehrere, manchmal nur einer – blieb bestehen. Offenbar hielt es meine respektlose Frau für unnötig, nach ihren Schäferstündchen die Matratze zu überprüfen. Sollte ich darauf beharren, die Betten wie in jedem gepflegten Haushalt Tag für Tag in Ordnung zu bringen? Wer schläft schon gern auf Holz!

Mittlerweile hatte ich einen Schreiner im Verdacht. Für meine Recherche war es nicht unwichtig, von welcher Spezies die Späne stammten, denn nicht jedes Holz wird in jeder Tischlerei eingesetzt. Im *Mannheimer Morgen* las ich eines Tages, dass die alten Mammutbäume im Weinheimer Exotenwald durch die lange Trockenphase des letzten Sommers stark gelitten hatten und man einige sogar fällen musste. Die rötliche Färbung der gefundenen Späne ließ mich sofort an eine Sequoia denken, die man in Amerika ja auch Redwood nennt; das Holz wird für Möbel, Wand- und Deckenverkleidungen verwendet. Wo man hobelt, da fallen Späne, dachte ich, und schon machte ich dem Schreinermeister mit meiner *Black & Decker* den Garaus. Doch am nächsten Donnerstag fand ich erneut drei Sägespäne.

Im Internet las ich nun, dass man das rote Holz auch für Orgelpfeifen verwende, und sofort kam mir ein Heidelberger Organist in den Sinn, in dessen Chor meine Frau als Studentin gesungen hatte. Der Gedanke an diesen geilen Bock trieb mich zur Höchstleistung an. Den ältlichen Herrn, der sein Instrument eigenhändig ausbesserte und mit Schnitzeln einer Sequoia im Lockenkranz bis in mein Bett vordrang, habe ich wie einen Vampir mit einer Orgelpfeife gepfählt.

Da hörte ich von einem befreundeten Hobbybastler, dass das Holz von Mammutbäumen kaum von dem der Rotzeder zu unterscheiden sei. Ob ich mich irrte? In meiner Heimatstadt Weinheim gibt es tatsächlich viele Zedern, es war durchaus möglich, dass ein Kerl aus unserer Umgebung seinen allzu ausladenden Baum ein wenig ausdünnte; so hatte erst neulich eine ältere Dame im Supermarkt berichtet, dass die Zeder vor ihrem Haus von einem Marder als Leiter benutzt wurde, der es sich auf dem Dachboden gemütlich machte. Natürlich musste sie nun einige Äste stutzen lassen, damit dem unwillkommenen Gast der Weg abgeschnitten wurde. Seltsamerweise traf ich auf meinem nächsten Spaziergang einen Nachbarn, der in seiner Garage die Äste einer Libanonzeder in handliche Stücke zersägte.

„Na, wie isses?", fragte ich.

„Beschisse wär geprahlt!", maulte er. „Mei Fraa is so was von eifersichtich und des fast ohne Grund! Ich Depp soll desweche nur noch von morjens bis awens schaffe! Mer krieche anner Wedder, dadefier soll de Kamin brenne. Jezz is se zwar irgendwo annerster, awwer wann se haamkimmt, will se des Holz feddig hawwe."

Damit hatte er sich verraten. Wäre seine eifersüchtige Frau anwesend gewesen, hätte ich ihn vielleicht verschont; so erging es ihm nicht besser als seinen Vorgängern. Als er bald darauf als

Rauch in die Höhe stieg, rief ich ihm noch zu: „Alla, hopp! Und verpeste mir ja nicht die Umwelt!“

Einen grün gekleideten Förster erschoss ich mit seinem Gewehr, einen Bootsbauer versenkte ich mitsamt seinem Anker im Neckar, einem Holzschnitzer trieb ich den gebogenen Beitel durch die Eingeweide, einen gut verschnürten Küfer rollte ich in einem Fass auf die Autobahn. Besonders wütend war ich auf einen Zimmermann, der sich in der Eile noch nicht einmal ausgezogen hatte. Schwarz gekleidet und mit breitkrempigem Hut lag er auf unserem Bett und rauchte. Draußen fielen die ersten Schneeflocken, drinnen waren es die Holzspäne, die unaufhörlich aus seinen schmutzigen Taschen auf die Matratze rieselten. An diesem Schweinehund habe ich mich mit Hammer, Beil, Fräse und Bohrer ausgetobt, bis er als Sägemehl in einem Sack für Biomüll landete.

Da ich aber ein friedlicher Mensch bin, blieb es monatelang bei ähnlichen Mordfantasien. Doch irgendwann entschloss ich mich schweren Herzens, endlich Tabula rasa zu machen und meiner Frau am letzten Donnerstag vor den Weihnachtsferien auf die Schliche zu kommen. Um sie zu beschatten, begab ich mich gegen Mittag auf den Schulhof, versteckte mich hinter den großen Müllcontainern und lauerte.

Wie erwartet, trat Annette bald darauf aus dem Schulgebäude; in ihrer Begleitung entdeckte ich eine befreundete Kollegin sowie einen mir unbekannten Lehrer. Das Trio blieb mitten auf dem Hof stehen und wurde zweimal von übermütigen Kindern angerempelt. Sie unterhielten sich angeregt, aber leider konnte ich in dem bunten Trubel kein Wort verstehen. Meine Frau schien sich schließlich von ihrer Kollegin zu verabschieden, lief mit dem Lehrer ein paar Schritte weiter, grinste plötzlich, zog den drahtigen Mann etwas näher heran, wuschelte ihm mehrmals durch die Haare und strich dann leicht klopfend über seinen Dufflecoat. Wenn mich nicht alles täuschte, waren es Sägespäne, die sie ihm aus dem Lockenkopf gestrichen hatte. Dann eilten beide zum Parkplatz und fuhren los, ich folgte ihnen in angemessener Entfernung in meiner Klapperkiste. Der Fremde saß neben Annette im Golf.

An einer roten Ampel auf der B 3 hängten sie mich ab, was mich aber nicht weiter störte. Wenn ich eine Viertelstunde nach ihnen ankam, lagen die beiden sicherlich schon in den Federn, und ich konnte den Dolch zücken. Ich hatte richtig gerechnet: Das Auto parkte bereits vor unserem Haus.

Auf Zehenspitzen schlich ich die Treppe zu unserer Wohnung hinauf, schloss geräuschlos auf, riss mit einem Ruck die Schlafzimmertür auf und ebenso stürmisch die Bettdecke hoch. Annette fuhr in die Höhe und starrte mich an wie ein Gespenst.

„Bist du verrückt geworden, mich so zu erschrecken?", kreischte sie. – „Wo ist er?", brüllte ich zurück und öffnete die beiden Schränke, schaute unters Bett und ging natürlich auch auf den kleinen Balkon. Dann schrien wir uns eine Weile wechselseitig an, bis Annette endlich begriff.

Ihre Geschichte hörte sich glaubhaft an, ich schämte mich in Grund und Boden. Man hatte ihrer Schule das wertvolle Holz einer Sequoia gespendet, kostenloses Material für den Werkunterricht. Die Schüler hatten bereits Vogelhäuschen und andere Weihnachtsgeschenke hergestellt, doch der Vorrat war gigantisch. Nun hatte man im Kollegium die Idee, das bislang sehr hässliche Lehrerzimmer in einen schicken Clubraum zu verwandeln. In ihren Freistunden arbeiteten alle unter Anleitung des Hausmeisters oder Werklehrers an der edlen Vertäfelung. Annette war jeden Donnerstag an der Reihe, sie hatte also höchst persönlich, wenn auch unabsichtlich, für Sägespäne im Bett gesorgt.

Grenzenlos erleichtert zog ich die Cordhose aus, schlüpfte zu ihr unter die Decke und zupfte liebevoll ein paar Späne aus ihrem Dekolleté.

„Schatz, was bin ich für ein Idiot! Dabei sollte man in Anbetracht der kommenden Feiertage nur noch an Friede, Freude und Weihnachtsstollen denken. Apropos – was wünschst du dir zum Fest?"

Sie schwieg eine Weile. „Eigentlich hätte ich es dir längst sagen wollen, aber ich fliege schon am Dreiundzwanzigsten nach Bali, bin also in den Ferien gar nicht hier. Du willst ja sowieso nur auf den Hirschkopf wandern, Schlittschuh laufen und Glühwein trinken, während ich seit Jahren von einem Strandurlaub träume."

„Bali? Weiter geht's wohl nicht! Was willst du an Weihnachten auf Bali? Palmen mit Lametta behängen?"

„Ich möchte endlich tauchen lernen. Andreas hat mir so davon vorgeschwärmt ..."

„Wer ist Andreas?"

„Unser Werklehrer. Er hat eine Tauchlehrerqualifikation, du musst dir also keine Sorgen um mich machen."

Mit diesen Worten drehte sie sich seelenruhig zur Seite und hielt ihr gewohntes Mittagsschläfchen, während ich mir den Rechner vorknöpfte. Es galt, keine Zeit zu verlieren, um vielleicht noch einen Flug nach Indonesien zu ergattern. Mir fielen sofort diverse Möglichkeiten ein, um einen grauenhaften Tauchunfall zu inszenieren.

erscheint zuerst 2012 im Theiss-Verlag

SYBILLE BAECKER

Engel mit Schuss

Rot.

Ziemlich dunkles Rot und zähflüssig, stelle ich fest, als ich mit einem Essstäbchen vom Asia-Imbiss in der Masse rühre. Rot passt in die Jahreszeit – in zwei Wochen ist Weihnachten. Mutig ist es trotzdem, denke ich und bekomme leichte Zweifel. Hatte ich mir das wirklich gut überlegt?

Das Klingeln meines Telefons befreit mich vorläufig von einer Antwort.

„Samira Pieschl, private Ermittlungen. Was kann ich für Sie tun?", rattere ich meinen Spruch runter und versuche dabei, beschäftigt, erfolgreich und zuverlässig zu klingen.

„Ich möchte gern mit der Chefin sprechen", höre ich am anderen Ende eine weibliche Stimme.

„Das tun Sie bereits." Früher hätte ich auf ein, zwei Tasten getippt und mich mit mir selbst verbunden.

„Ah", dringt es an mein Ohr, ein wenig überrascht, dass es sich bei mir offensichtlich um einen Ein-Frau-Betrieb handelt oder meine zahllosen Angestellten gerade allesamt in der Kaffeepause sind.

„Arbeiten Sie auch außerhalb Stuttgarts?"

„Das kommt drauf an. Mit wem spreche ich denn, bitte?", erinnere ich meine Gesprächspartnerin an die Grundsätze gepflegter Konversation. Mein Blick fällt auf den Eimer mit roter Farbe. Meine Auftragslage ist gerade etwas mau und ich wollte die Zeit nutzen, meinem Büro etwas mehr Klasse zu verleihen.

„Oh ja, Entschuldigung. Christine Habegut aus Tübingen."

„Und was kann ich für Sie tun, Frau Habegut?"

„Nun, sagen wir es mal so: Mir ist ein Engel abhandengekommen."

So etwas kann in der Vorweihnachtszeit passieren, wenn man den Buchsbaum im Vorgarten mit Christbaumschmuck verziert.

„Alter, Größe, Gewicht?", frage ich mit professioneller Detektiv-Routine und hoffe, dass sie mein boshaftes Grinsen nicht heraushört.

„Könnten wir das vielleicht persönlich besprechen?"

„Sicher, das muss ich Ihnen dann aber bereits in Rechnung stellen."

„Wann können Sie in Tübingen sein?"

Kuno – eigentlich Konrad Landshut, Polizist, Ex-Kollege und mein Mann für alle Fälle – ist wenig begeistert, als ich ihn kurz darauf um sein Auto bitte.

„Mein Wagen ist noch in der Werkstatt …", erkläre ich.

„Und nächstes Jahr feiern wir Weihnachten im Juli. Eine Werkstatt kannst du dir doch gar nicht leisten."

„Deswegen steht er ja noch da." Zerknirschtes Lächeln meinerseits.

„Oh Mann, Pieschl!"

Ich hasse es, wenn er das sagt. Aber der Wagenschlüssel, den er mir entgegenhält, versöhnt mich. „Keine Kratzer und keine Strafzettel, wenn ich bitten darf."

„Tübingen, warum bist du so hügelig", schwirrt mir ein Ohrwurm im Kopf, mit dem vor einiger Zeit zwei Studentinnen ihre Liebe zur Universitätsstadt via Internetvideo verbreitet hatten.

Tübingen, geografischer Mittelpunkt Baden-Württembergs. Ehemals Heimat von Gôgen und Gelehrten, heute hauptberuflich Universitätsstadt mit niedrigem Einwohner-Altersdurchschnitt und grünem Oberbürgermeister. Theoretisch könnte man die Strecke zwischen Bad Cannstatt und Tübingen in einer knappen Dreiviertelstunde bewältigen. Theoretisch. Die Praxis sieht anders aus: Dicht gedrängt schiebt sich der Feierabendverkehr mit Tempo 50 über die B 27. Ich benötige geschlagene 75 Minuten, bis ich Kunos Wagen in einer Parkbucht am Neckar abstelle. Innerlich an die vorweihnachtliche Gutmütigkeit der Ordnungshüter appellierend, verzichte ich darauf, ein Parkticket zu ziehen und marschiere Richtung Innenstadt.

Wir haben uns in der Tchibo-Filiale am Holzmarkt verabredet. Trotz meiner Verspätung ist meine Auftraggeberin noch nicht da – oder schon wieder gegangen. Ich hoffe Ersteres, gestatte mir einen Espresso und platziere mich mit Tässchen am Stehtisch vorm Fenster mit Blick auf die alte Stiftskirche. Wenig später betritt eine elegant gekleidete Dame das Geschäft, dezent geschminkt, ansehnliche Figur. Ende 20, schätze ich. Sie bestellt einen Cappuccino und gesellt sich mit leichter Skepsis im Blick zu mir. Mit meinem Outfit werde ich dem Image des Kino-Schnüfflers gerecht: Alte Bundeswehrjacke, abgetragene Converse, dazwischen verschlissene Jeans. Aber es ist ja bekannt, dass sich hinter so einer abgewrackten Fassade stets ein grandioser Verstand verbirgt.

„Frau Pieschl?“

Ich erkenne die Stimme vom Telefon. Die Musterung und ihr selbstgefälliges Auftreten gefallen mir nicht. In Anbetracht meines leeren Auftragsbuches widerstehe ich jedoch dem Impuls, die Frage zu verneinen und mich wieder auf den Weg zurück zu Büro und Farbeimer zu machen. „Ja“, entgegne ich knapp, schlürfe meinen Espresso und schaue den Passanten beim Flanieren zu.

„Danke, dass Sie so schnell kommen konnten." Sie stellt sich neben mich und bemüht sich um Blickkontakt. „Kennen Sie die Firma ‚Engel'?"

Ich zucke die Achseln. „Was machen die? Weihnachtsdekoration?"

„Schokolade", wird mein Firmenwissen verbessert. „Eine sehr hochwertige, teure Schokolade. Wir hatten einen Stand auf der *chocolArt,* das ist der Schokoladenmarkt, der Anfang Dezember in Tübingen stattfindet."

Kenn ich. Ich war mit Kuno am vergangenen Wochenende auf eben diesem Markt. An eine „Engel"-Schokolade kann ich mich spontan nicht erinnern. Ist aber vermutlich auch nicht meine Preisklasse.

Sie nippt an ihrem Cappuccino, leckt dezent den Schaum von ihrer Oberlippe. Dem äußeren Schein nach könnte man meine potenzielle Auftraggeberin als sündige Schoko-Verführung beschreiben. Ich entspreche da eher der Ritter-Sport-Variante: klein, knackig und kompakt.

„Ich will Sie nicht lange aufhalten. Ihre Zeit ist sicherlich kostbar." Ihr Blick verrät, dass sie nicht glaubt, was sie da sagt. „Es geht um einen meiner Mitarbeiter. Ich habe Zweifel an seiner Loyalität."

Aha, der abhandengekommene Engel.

„Hat er Ihnen Schokolade geklaut?"

„Nein, ich vermute, er verkauft meine Rezepte an die Konkurrenz."

Betriebsspionage. Das ist doch mal eine Abwechslung im tristen Schnüfflerdasein. Statt um gebrochene Herzen geht's hier um schnöden Mammon.

Sie wühlt in ihrer Gucci-Handtasche und holt zwei Pralinchen hervor, packt beide aus und schiebt sie mir auf der Folie hin.

„Probieren Sie."

„Ist da Alkohol drin?", frage ich misstrauisch.

„Ein bisschen Kognak, aber das ist nicht der Rede wert."

Kommt ganz darauf an. „Danke, ich muss noch fahren." Ich schiebe die Pralinen wieder in ihre Richtung. 27 Monate. Das lass ich mir von zwei Schoko-Kugeln nicht kaputt machen. Ich presse entschlossen die Lippen aufeinander. Christine Habegut verzieht kurz den Mund.

„Nun … die linke Praline kommt aus meiner Produktion. Die rechte von meinem Konkurrenten. Hätten Sie sie probiert, da bin ich sicher, hätten Sie keinen Unterschied geschmeckt." Die Schokoladenfachfrau greift erneut in ihre Tasche und legt ein Foto auf den Tisch. „Michel Laferré." Sie spricht den Namen französisch aus. „Er arbeitet noch nicht lange für mich. Wir sind ein kleines Unternehmen, und da war es wohl nicht schwer für ihn, an die geheimen Rezepturen zu kommen."

„Haben Sie Ihren Verdacht ihm gegenüber schon geäußert?"

„Nein. Ich möchte, dass Sie ihn durchleuchten, und sollte sich mein Verdacht bestätigen, werde ich natürlich entsprechende Maßnahmen ergreifen."

Durchleuchten! Bin ich ein Röntgengerät? Ich schaue auf das Bild. Meine Augenschlitze verengen sich. Das Foto zeigt das Gesicht eines Mannes, etwas jünger als ich, vielleicht um die 30. Der Bart lässt ihn älter aussehen. Die Augen. Ich habe die Augen schon einmal gesehen. Die gehörten aber nicht zu einem Michel Laferré. Damals hieß er Dieter Bosch und war spezialisiert auf Anlagenbetrug. Aalglatter Yuppie. Mir verdankt er vier Jahre mietfreies Wohnen. Anscheinend ist er wieder draußen und hat von Immobilien auf Süßwaren umgeschult.

Ich habe wohl etwas zu lang auf das Bild gestarrt. Frau Habegut schaut mich erwartungsvoll an. „Kennen Sie ihn?"

„Ich bin mir nicht sicher. Kann mir den Burschen mal anschauen." Kommen wir zum Geschäftlichen. „Ich arbeite allerdings nur gegen Vorkasse. 500 pro Tag, plus Spesen."

Sie zückt ihr Scheckbuch und bezahlt mich für die nächsten drei Tage.

Natürlich klemmt ein Strafzettel hinterm Scheibenwischer, als ich zu Kunos Auto zurückkehre. Ich lege ihn auf den Beifahrersitz, wo ich ihn versehentlich vergessen werde.

Dieter Bosch. Ein Typ, der über Leichen ging. Hat einen Familienvater eiskalt ausgenommen und nicht eine Miene verzogen, als er von dessen Selbstmord erfuhr. Leider konnte man ihn für Letzteres nicht zur Rechenschaft ziehen. Nachdem ich aus dem Polizeidienst ausgeschieden war, hatte ich nicht damit gerechnet, ausgerechnet ihn so bald wiederzusehen. Gedankenverloren klopfen meine Finger auf das Lenkrad. Schokolade mit Kognak. Speichel sammelt sich auf meiner Zunge. Die wären bestimmt lecker gewesen.

Ich habe die Rolle gerade in den Eimer getunkt, als Kuno in mein Büro schneit. Er trägt noch seine Uniform, nimmt die nasse Mütze vom Kopf und betrachtet grinsend die rote Farbe. „Sattelst du jetzt um von Privatschnüffler auf Pornoqueen?"

„Das wird meine Weihnachtsdekoration", erinnere ich ihn an das bevorstehende Fest der Liebe. „Was willst du? Ich hab keine Zeit."

„Du streichst dein Büro. Du hast alle Zeit der Welt. Und du hast vergessen, mir mein Auto wiederzubringen."

Nicht vergessen. Es war Absicht, in der Hoffnung, dass Kuno kommen würde.

„Kannst du dich an Bosch erinnern? Dieter Bosch?"

Kuno lässt sich auf meinen Besucherstuhl fallen, streckt die Beine von sich und denkt nach. „Soweit ich weiß, ist er seit einigen Wochen auf Bewährung draußen. Warum?"

Ich erzähle ihm von meiner neuen Klientin. Er schüttelt den Kopf. „Wenn du kein gutes Gefühl hast, nimm den Fall nicht an."

„Und wie denkst du, soll ich meine Miete zahlen? Und deine teuren Weihnachtsgeschenke?"

„Schenk mir ein Lächeln, das reicht schon."

Ich verziehe die Lippen zu einem gequälten Grinsen. „Bleibt immer noch die Miete."

„Ich kann dir Geld leihen, wenn es gerade so eng ist."

Nein, das will ich nicht.

Mit dem Vorschuss von der Habegut kann ich mein Auto bei der Werkstatt auslösen und verbringe die nächsten Tage in Tübingen, um Dieter alias Michel zu beschatten. Seine Chefin hat mir seine Adresse in Tübingens Westen verraten. Eine kleine Wohnung in einem Mehrfamilienhaus anno dazumal. Eine schicke Villa am Neckar kann sich der ehemalige Anlagenberater nach vier Jahren Knast anscheinend nicht mehr leisten.

Nach zwei Tagen langweiligen Observierens habe ich am Freitagmorgen Glück. In Tübingens Innenstadt bauen Vereine ihre Stände für den jährlichen Weihnachtsmarkt auf, am Haagtorplatz laufen die letzten Vorbereitungen für die traditionelle Open-Air-Aufführung der *Feuerzangenbowle* am Abend. Bosch hat frei und gönnt sich ein Frühstück im *Ranitzky.* Ich wärme mich an einem heißen Tee am Nachbartisch. Die grauhaarige Perücke auf meinem Kopf juckt und irgendwie rieche ich auch ein bisschen muffig nach Staub und Mottenkugeln. Ich habe mich als rüstige Rentnerin kostümiert, damit Bosch keinen Verdacht schöpft. Hoffentlich sehe ich in 30 Jahren nicht wirklich so altbacken aus. Dank meiner vermuteten altersbedingten Schwerhörigkeit macht der abtrünnige „Engel"-Mitarbeiter sich nicht die Mühe, beim Handy-Gespräch verstohlen zu flüstern. Und so erfahre ich gemütlich Tee schlürfend von einer abendlichen Verabredung zur Warenübergabe. Treffpunkt am Bügeleisen. Mir bleiben zehn Stunden, um herauszufinden, was wohl das „Bügeleisen" ist.

Am Marktplatz entdecke ich in einem Geschäft mit regionalen Spezialitäten auch die „Engel"-Schokolade – interessanterweise fehlt die Variante mit Kognak. Ich erkundige mich beim netten Verkäufer nach eben dieser.

„Da hat's koi mit Alkohol", erfahre ich und bin doch etwas erstaunt. Vielleicht ein neues Produkt, welches die gute Frau Habegut erst auf den Markt zu bringen gedenkt.

Zurück in meinem drittklassigen Cannstatter Büro reiße ich trotz Kälte und Regen die Fenster auf, um den frischen Farbgeruch hinauszuscheuchen. Das Rot an der Wand zu meiner Rechten macht sich gut. Ich behalte die Handschuhe an und massiere die Kopfhaut unter meinen kurzen Strubbelhaaren. Die Perücke wird fürs Erste in Rente geschickt. Am Rechner recherchiere ich ein wenig über die Firma meiner Klientin, dann rufe ich Kuno an.

„Christine Habegut aus Tübingen. Kannst du die mal überprüfen?"

„Samira, in zehn Tagen ist Weihnachten und dann darfst du dir was wünschen."

„Kuno, es ist wichtig."

„Bei dir ist immer alles wichtig. Und was habe ich davon?"

„Du rettest mir vielleicht das Leben", säusle ich und ahne nicht, wie recht ich damit haben sollte.

Am Abend ist Tübingens Innenstadt gerammelt voll. Unweihnachtlich schieben und drängeln sich die Massen an den zahlreichen Ständen vorbei. Ich habe Mühe, Dieter Bosch nicht aus den Augen zu verlieren. Auf Kostümierung habe ich verzichtet, ich setze stattdessen auf Winterjacke, Mütze und dicken Schal als ausreichenden Erkennungsschutz. Während Studenten und Einwohner sich am Haagtorplatz zur heißen Bowle zusammenfinden, schlendert Bosch erst Richtung Marktplatz, dann zum Holzmarkt, um schließlich die Neckargasse abwärts das Treiben allmählich hinter sich zu lassen. Auf der Eberhardsbrücke kann man tatsächlich wieder frei atmen. Er steigt die Stufen zur Neckarinsel hinunter. In Anbetracht des Angebots in der Innenstadt und des kalten, klammen Wetters ist hier verhältnismäßig wenig los. Ich verfolge Bosch in gebührendem Abstand. Die alten Platanen geben mir guten Schutz. Im „Seufzerwäldchen" verliere ich ihn kurz aus den Augen. Hier trafen sich in früherer Zeit verliebte Pärchen zum Stelldichein und man hörte es gelegentlich aus dem Unterholz seufzen, erinnere ich mich an eine Beschreibung, über die ich bei meinen Recherchen im Internet gestolpert war, als mir plötzlich ein „Engel" den Weg versperrt.

Meiner Kehle entkommt wenig später eher ein Stöhnen statt eines Seufzens. Jemand hatte mir von hinten irgendetwas über den Schädel geschlagen. Mein Kopf brummt und ich spüre leichte Übelkeit, als ich zu mir komme. Es ist dunkel und kalt. Ich stelle fest, dass man mich meiner Jacke beraubt hat. Stattdessen hat man mir irgendeinen anderen Kittel verkehrt herum angezogen und die Ärmel am Rücken zusammengebunden. Eine Art laienhafte Zwangsjacke. Fühlt sich gar nicht gut an.

Über mir höre ich einen Zug über die Schienen gleiten und ahne, wo ich mich befinde. Das „Bügeleisen" ist die Westspitze der Neckarinsel und kurz vor dem spitzen Ende verläuft die Eisenbahnbrücke.

Eine Taschenlampe leuchtet auf, blendet mir direkt in die Augen. Ich verziehe das Gesicht.

„Na, Pieschl, wieder munter?" Dieter Bosch.

„Was man so munter nennt", knurre ich. „Kannst du mit der Funzel mal woandershin leuchten?"

Er schnauft verächtlich durch die Nase, senkt aber den Schein der Lampe.

„Du hast ein Alkoholproblem, hab ich gehört."

„Hatte."

„Hast." Er stellt die Lampe zur Seite, zieht eine Flasche Wodka hervor und kommt auf mich zu. „Ich hab ein Geschenk für dich."

Mein Herzschlag verdoppelt sich. Erst sehe ich Engel und dann kommt Bosch mit Geschenken. Schöne Bescherung.

„Ist doch noch gar nicht Weihnachten." Meine Stimme klingt alles andere als ruhig. Ich zerre an den verknoteten Ärmeln des Kittels.

Bosch setzt sich neben mich auf die kalten Steine. Verdammt, hat mein Hirn was abgekriegt, oder trägt er tatsächlich einen roten Mantel?

„Mach schön den Mund auf."

Einen Teufel werde ich! Ich drehe das Gesicht zur Seite, presse die Lippen fest zusammen. Wenig später hat er mich rücklings auf die Platte gedrückt und sitzt über mir. Ich will um Hilfe schreien, da landet der erste Schwung Alkohol in meinem Mund. Ich huste, spucke. Der Wodka brennt in meiner Kehle, ruft augenblicklich Erinnerungen wach. In einem stetigen Fluss gießt Bosch das Zeug über meine Lippen. Ich verschließe den Mund, so fest es nur geht. Der Alkohol läuft in meine Nase, meine Ohren. Kalt meinen Nacken entlang. Verdammt, ich komme aus dieser Scheißjacke nicht heraus!

„Komm, ein Schlückchen für Papa. Wodka magst du doch so gern."

Bosch hat seine Hausaufgaben gemacht. Ich winde mich unter ihm wie ein Fisch auf dem Trockenen. Irgendjemand muss uns doch hören! Das ist doch hier nicht das Ende der Welt.

Mir gelingt es, den Kopf ein kleines Stück zur Seite zu drehen. „Was willst du?“, presse ich mühsam hervor, ertappe mich dabei, wie meine Zunge über meine Lippen gleitet. Schmecke das scharfe, wärmende Zeug.

„Am dritten Advent hast du mich hochgenommen. Erinnerst du dich? Ich hatte damals andere Pläne für Weihnachten.“

Der tote Familienvater sicherlich auch. Die Flüssigkeit tröpfelt über mein Gesicht. Brennend. Verlockend.

„Alkoholikerin, einsam, pleite … weißt du, wie viele Menschen sich an den Weihnachtstagen das Leben nehmen?“, redet Bosch weiter. Mit der freien Hand drückt er mir die Nase zu. Als ich nach Luft schnappe, schüttet er den Alk in meinen Rachen. Ich verschlucke mich, huste, Tränen steigen mir in die Augen. Mir wird heiß. In meinem Kopf höre ich das Rauschen eines Zuges. Ich bekomme Angst. Verfluchte Scheißangst.

„Ich hatte viel Zeit in den letzten vier Jahren und hab mich so auf unser Wiedersehen gefreut. Was habe ich mir nicht alles ausgemalt. Aber ich hätte nicht gedacht, dass du es mir so leicht machen würdest“, triumphiert er und hält mir erneut die Nase zu. Das Spiel wiederholt sich. Es sind gefühlte Ewigkeiten, aber dauert vermutlich nur wenige Minuten. Ich verfluche mich, weil ich nicht gegen ihn ankomme, weil ich mich tatsächlich wie eine dumme Anfängerin so habe überrumpeln lassen. Warum habe ich Kuno nicht gebeten, mitzukommen? Rückendeckung. Eigensicherung. Jetzt ist es zu spät.

„Da kommt …“, dringt Christine Habeguts Stimme plötzlich herüber. Sie stockt, kommt im Engelskostüm aus der Unterführung auf uns zu. „Was machst du …?“

„Verschwinde!“, zischt Bosch, unterbricht einen Augenblick die Alkoholzufuhr, um sie mit einer Handbewegung wegzuscheuchen.

„Hilfe!“, schreie ich aus Leibeskräften. Bosch schlägt mir wütend ins Gesicht. Ich ignoriere den Schmerz, mobilisiere all meine Kräfte, drehe und winde mich unter seinem Gewicht, schreie erneut. Wieder ein Hieb ins Gesicht. Er hätte sich besser als Knecht Ruprecht statt als Weihnachtsmann verkleidet! Der Geschmack von Alkohol vermischt sich mit dem von Blut.

Im nächsten Augenblick wimmelt es an dem kleinen Eck von Menschen. Jemand zerrt Bosch von mir, drückt ihn zu Boden, legt ihm Handschellen an. „Kripo Tübingen, Sie sind verhaftet. Sie haben das Recht …“

Ich höre nicht weiter zu, rapple mich hoch, zerre an den Ärmeln meiner Jacke, als jemand mit einem Messer den Knoten auf meinem Rücken löst.

„Mensch, Pieschl …“, höre ich Kunos vertraute Stimme.

Das wurde aber auch Zeit!

Sie bringen mich in eine Klinik. Zur Sicherheit. Verdacht auf Gehirnerschütterung durch den Schlag auf den Hinterkopf. Kuno will mich vermutlich auch vor mir selber schützen. Wir sind beide nicht sicher, wie ich auf die ungewollte Ration Ethanol reagiere.

Als ich aufwache, schmerzt mein Kopf, als wollte ein Steinmetz aus meinen Gehirnzellen kleine Weihnachtssterne meißeln. Ich entdecke Kuno neben meinem Bett.

„Hey“, kommt es heiser aus meiner Kehle. Ich warte auf die Gardinenpredigt. Aber Kuno schweigt.

„Okay, ich hab Scheiß gebaut“, übe ich Selbstkritik.

Kuno deutet ein Nicken an, richtet sich ein Stück weit auf. „Deine Klientin ist zwar recht wohlhabend, hat aber tatsächlich nichts mit der Firma „Engel“-Schokolade zu tun. Das hast du richtig recherchiert“, beginnt er. „Ich habe herausgefunden, dass sie Briefkontakt zu Bosch hatte, während er im Gefängnis saß. Ehrenamtliches Engagement zur Unterstützung bei der Resozialisierung. In diesem Fall ging der Schuss leider offensichtlich nach hinten los. Ich wollte dich informieren, konnte dich aber nicht erreichen. Hab mir Sorgen gemacht und die Kollegen vor Ort informiert.“

„Woher wusstest du, wo du mich findest?“

„In deinem Büro lag eine Notiz auf deinem Schreibtisch: Warenübergabe ‚Tübinger Bügeleisen‘.“

„Du warst ohne meine Erlaubnis in meinem Büro?“, empöre ich mich.

„Beschwer dich nicht, sonst gibt's nichts zu Weihnachten.“

„Die Bescherung fällt dieses Jahr sowieso aus. Ich bin pleite.“ Das Honorar von der Habegut hatte ich direkt in die Autowerkstatt gesteckt, der Rest reicht gerade noch für ein paar Butterbrezeln.

„Dir fällt schon noch was ein“, befindet Kuno zuversichtlich.

Er hat gut reden. Da er mir unbestritten das Leben gerettet hat, ist er in der Geschenkefrage aus dem Schneider. Vielleicht – wenn er es besonders gut meint – bekomme ich noch einen Schokoladenengel von ihm. Kuno schaut mich abwartend an.

„Ich …“ Ich zögere, versuche seinen Blick zu deuten. „Kuno, wenn du denkst, dass ich wegen dieser Sache rückfällig werde, irrst du dich.“ 27 Monate. Ich schaue ihm fest in die Augen. „Wünsch dir was anderes!“

Er erwidert meinen Blick, lächelt. „Na ja, da liegt noch ein unbezahlter Strafzettel in meinem Auto …“

RUDI KOST

Fröhliche Weihnachten!

... sagt der Vater und schaut grimmig auf den Baum. Jedes Jahr hängt mehr von diesem Zeugs dran, die Zweige biegen sich schon bedenklich. Und diesmal hat sie auch noch richtige Kerzen gewollt, wegen der Stimmung, und aus echtem Bienenwachs mussten sie sein.

Sauteuer, dieses Glomp! Bisher war die Lichterkette ja auch gut genug gewesen, und die musste man nicht neu kaufen. Dieser Weihnachtsmarkt! Der kostete ihn jedes Jahr ein paar Hunderter. Wenn es um Weihnachten ging, war sie gnadenlos. Bei jedem Plunder war sie in Entzückensschreie ausgebrochen, während er den Duft von Roten und Glühwein in der Nase hatte und nicht ausbrechen konnte, weil sie ihn am Arm gepackt hielt.

„Isch des net romantisch?“, hatte sie geseufzt.

„Scho schee“, hatte er gesagt, weil er ja irgendwas sagen musste.

War ja auch so. Auf dem festlich beleuchteten Esslinger Marktplatz kuschelten sich die Stände, gnädig bewacht von der Stadtkirche und dem Münster St. Paul, und das mächtige Kielmeyerhaus mit seinem Fachwerk schien amüsiert auf die große Weihnachtspyramide hinabzuzwinkern.

Schon romantisch, vor allem, wenn es mit frischem Schnee überstäubt war wie in diesem Jahr.

Natürlich hätte er das nie zugegeben. Diese ganze Romantik kam ihn viel zu teuer.

Am besten gefiel ihm der Mittelaltermarkt vor dem Alten Rathaus und auf dem Hafenmarkt – das Hämmern der Schmiede, das Lärmen der Gaukler, die properen Mädchen mit ihrem Feuerzauber. Hier war wenigstens Stimmung, fremdartige Musik vermischte sich mit betörenden Düften, und er hätte sich von einem Stand zum nächsten essen können. Aber die Mutter hielt ihn fest im Griff.

Dieses Mittelalter! Es kam ihm vor, als sei er ein Kreuzritter in weißem Umhang mit rotem Kreuz. Auf seinem feurigen Araberhengst galoppierte er dahin und sah sich Saladin gegenüber, dem Herrn aller Muselmanen. Mit einem metallischen Fauchen glitt sein geweihtes Schwert aus der Scheide …

„Guck mal, der Glasbläser!", rief die Mutter. Wie jedes Jahr. Er war wieder zurück in der Gegenwart. Er seufzte, weil er wusste, was das für seine Geldbörse bedeutete.

Es war ein solches Gedränge in den Gassen, dass man sich leicht hätte verlieren können, deshalb hatte sie sich auch an ihm festgehalten. Einmal hatte sie ihn dann doch loslassen müssen, weil sie die Kienles getroffen hatten und man sich die Hände schütteln musste. Und ratzfatz hatte sie ihn verloren und erst wiedergefunden, nachdem er schnell zwei Glühweine hinuntergekippt und eine Rote verschlungen hatte. Die Rote hatte ihm den Gaumen verbrannt, weil es so schnell gehen musste.

Sie hat nichts gemerkt, hatte er gedacht. Hatte sie wohl, aber sein schlechtes Gewissen war so offensichtlich, dass sie nichts zu sagen brauchte. Mühelos hatte sie ihm die Bienenwachskerzen aufgeschwatzt.

… sagt die Mutter und betrachtet beglückt ihren Weihnachtsbaum. Jahr für Jahr wird er voller, das war harte Arbeit gewesen, und jetzt ist auch die letzte Plastikkugel durch eine echte

Glaskugel ersetzt worden. Vom Glasbläser auf dem Weihnachtsmarkt. Die Weihnachtsgurke hängt gut sichtbar ganz vorne.

Die Bienenwachskerzen waren die richtige Entscheidung. Wie das duftet, und wie die Glaskugeln funkeln im Flackern der Flammen!

Schade nur, dass die Fichte schon nadelt, da hat sich der Vater ein ausgetrocknetes Exemplar andrehen lassen. Dass man sich um alles selber kümmern muss! Oder hat er das mit Absicht getan? Wenn es um Weihnachten geht, sind die Männer ja so verzweifelt unromantisch.

Sie schaut auf den Vater und den Bub, und ihr wird warm ums Herz. Das wird ein schönes Weihnachten in diesem Jahr!

… sagt der Bub. Es ist kaum zu verstehen, was er sagt, aber was soll er auch sonst gesagt haben? Verfickte Weihnachten vielleicht? Der Bub ist ziemlich breit, vom Alk und sonst noch was, er hat keine Ahnung mehr, was er sich mit den Kumpels alles reingepfiffen hat, aber die Alten kriegen das nicht so richtig mit, die sind mit dem Erzeugen von Weihnachtsstimmung beschäftigt.

Der Bub ist 17, und mit 17 sollte man Weihnachten nicht mehr zu Hause verbringen. Muss man aber, schon weil alle müssen und kein Kumpel greifbar ist.

Alle hocken daheim unterm Baum und machen auf Familie.

Dafür hat er was mitgebracht: Glückskekse, prall gefüllt mit Gras oder Speed oder was auch immer. Ein Kumpel von einem Kumpel von irgendwem hat eine Ladung aus Amsterdam mitgebracht. Alter, die ziehen ordentlich, hatte der Kumpel versprochen, damit überstehst du dieses Weihnachten, das wird lustig, garantiert.

Der Bub bietet seine Kekse an.

„Aber Bub, doch nichts Süßes vorem Essa!“, wehrt die Mutter ab.

„Die sind nicht süß“, sagt der Junge und grinst, „und außerdem hat sie meine Freundin gebacken.“

„A Freindin?“, wundert sich der Vater. Seit wann hat der Bub eine Freundin? Dass einem nie einer was sagt!

„A Freindin!“, sagt die Mutter entzückt. „Und die ka sogar backe! Wie hoißt se jetzt au?“

Jetzt muss er sich schnell was einfallen lassen, was könnte ihm denn gefallen? „Heidi“, sagt er spontan und denkt dabei an ein Mädchen mit Schmollmund und großen Brüsten.

„Ha no!“, sagt die Mutter und beißt in den Keks, und notgedrungen nimmt sich auch der Vater einen.

„Guat!“, sagen sie mit vollem Mund, und die Mutter denkt, er wird schon noch eine finden, die auch backen kann, er ist ja noch jung. Der Vater überlegt, ob noch genügend Schnaps im Hause ist.

„Nehmt euch noch einen“, ermuntert sie der Bub. „Die Heidi tät's freuen.“

„Weil heut 's Chrischtkindle kommt“, seufzt die Mutter und greift noch mal zu.

Leck mich, denkt der Bub, der Kumpel hat recht gehabt, die ziehen wirklich. Er kichert.

… sagt der Vater und reicht die Sektgläser. Kessler Hochgewächs. Es hätte ja auch, weil Weihnachten ist, ein echter Champagner sein können, aber entweder Bienenwachskerzen oder Champagner, er hat ja keinen Geldscheißer.

Der Junge mag so Blubberwasser nicht, aber was soll's, ist ja egal, mit was man sich zuschüttet.

Dem Vater wäre ein Bier auch lieber gewesen, aber er will ja auch etwas zur Weihnachtsstimmung beitragen.

… sagt die Mutter, trinkt den Sekt und schaut gerührt ihre Lieben an. So muss Weihnachten sein, die Familie friedlich zusammen und glücklich und der Baum geschmückt, und aus der Küche duftet es. Und wenn sie aus dem Fenster schaut, sieht sie in der Ferne die Esslinger Burg mit einer Kuppe aus Schnee. Weiße Weihnachten! Kann es Schöneres geben?

… sagen die Mutter und der Vater und überreichen sich die Geschenke. Ausnahmsweise muss in diesem Jahr die Bescherung vor dem Essen sein, denn da ist ja das Tranchierbesteck dabei, das er sich ausgesucht hat.

Er macht sein Paket auf und strahlt. Das Tranchierbesteck! Eine gelungene Überraschung. Die Mutter nestelt an dem Geschenkpapier und kriegt den Knoten der Schnur nicht auf. Der Vater hilft mit dem Tranchiermesser. Heideblitz, ist das scharf!

Die Mutter öffnet das Kästchen und stößt einen spitzen Schrei der Glückseligkeit aus. Die Perlenkette, die sie sich gewünscht hat! Dann schaut sie genauer hin und merkt, dass es doch nicht die ist, die sie sich ausgesucht hat, bei der hier sind die Perlen viel kleiner und demzufolge billiger. Sie wundert sich selber, dass sie gar nicht sauer wird, sondern glücklich gluckst. Erleichtert stößt der Vater die Luft aus. Irgendwie ist ihr alles egal, Hauptsache, dass sie alle so fröhlich sind.

Der Junge kriegt nichts, das neue iPhone war sein vorgezogenes Weihnachtsgeschenk.

… sagt der Vater und öffnet den schweren Roten, den er sich für teures Geld hat aufschwatzen lassen. Aber weil Weihnachten ist, hat er sich nicht lumpen lassen, er ist ja kein Geizkragen. Eigentlich sind sie ja keine Weintrinker, aber weil Weihnachten ist …

„Und Prösterchen!", sagt er und leert sein Glas in einem Zug. Er fühlt sich ganz beschwingt. Und wenn er die Mutter anschaut, wird ihm richtig zärtlich zumute, ganz ungewohnte Gefühle sind das. Weihnachten ist halt doch das Fest der Liebe, denkt er.

… sagt die Mutter und stellt die Gans auf den Tisch. Sie ist etwas verbrannt, aber die Haut kann man ja abmachen, die ist sowieso zu fett. Sie weiß auch nicht, weshalb sie plötzlich lachen muss, als sie die Gans anschaut.

Der Vater reibt sich erwartungsfroh die Hände. Es war ein Kampf gewesen, sie von den Saitenwürstle mit Kartoffelsalat abzubringen, die es natürlich aus alter Tradition jedes Jahr gab.

Ein halbes Jahr hat er auf die Saitenwürstleallergie hingearbeitet und das ganz gut hingekriegt. Was war das immer ein Gejammer und Gestöhne, und aufs Klo ist er gerannt und hat gewürgt, dass er sich fast selber geglaubt hat. Und danach hat er immer einen großen Schnaps gebraucht, bis sich sein Magen wieder beruhigt hatte. Aber irgendwann hat sie's geglaubt. Darauf noch ein Glas Burgunder!

… sagt der Vater und erhebt sich. Ihm wird etwas schwummrig vor den Augen, aber das wird sich schon wieder geben. Er greift zum neuen Tranchierbesteck.

„Sodele", sagt er, in der einen Hand das Messer, in der anderen die Gabel, und schaut die Gans prüfend an. Irgendwie wird er sie schon klein kriegen, deswegen hat er sich ja das scharfe Messer schenken lassen.

Dann beginnt er, an dem Vogel herumzusäbeln. Andauernd kommt ihm ein Knochen in die Quere, durch den selbst sein scharfes Messer nicht kommt.

Ergriffen schaut die Mutter zu. Was hat sie doch ein Glück mit ihrer Familie! Sie kann sich nicht erinnern, jemals so fröhliche Weihnachten erlebt zu haben. Sie muss lachen vor lauter Freude und prostet der Gans erwartungsfroh zu. Das war eine gute Idee von ihr, am Weihnachtsabend endlich einmal was anderes auf den Tisch zu bringen als Saitenwürstle. Da hat es sich gut getroffen, dass der Vater eine Saitenwürstleallergie bekommen hat und sie ihn nicht lange überreden musste.

Die Gans leistet hartnäckig Widerstand.

„Glomp, verreckts!“, schreit der Vater wütend und wirft die lange Gabel beiseite, die immer wieder von den Knochen abrutscht. Die Gans hält er mit der Hand fest und haut immer zorniger mit dem Messer auf den Vogel ein. Irgendwer kichert.

Und plötzlich liegt auf der malträtierten Gans eine Fingerkuppe.

Die Mutter weiß nicht, warum, aber sie muss lachen, es sieht einfach zu komisch aus, diese weiße Fingerkuppe auf der schwarz verbrannten Gans. Weiße Weihnachten!, kommt ihr in den Sinn.

Sie steht auf, ihr ist etwas durmelig, greift sich die Tranchiergabel und versucht, das Ding aufzuspießen.

Fassungslos starrt der Vater auf seinen Finger, aus dem das Blut pumpt, und auf die Mutter, die vor Lachen Tränen in den Augen hat und mit der Tranchiergabel herumfuchtelt. Wer hatte bloß diese bescheuerte Idee mit der Gans? Auf einmal muss er auch lachen, und dann sticht er zu.

Immer noch lachend schaut die Mutter auf das Messer in ihrer Brust. Dann ist sie still, kippt vornüber und erwischt den Vater mit der Tranchiergabel am Hals. Der Vater stürzt hinterrücks in den Weihnachtsbaum und reißt ihn zu Boden. Der Weihnachtsschmuck aus echtem Glas zerbirst mit hellem Klang, als ob Englein sängen, die Scherben bohren sich in seinen Nacken. Die Bienenwachskerzen machen sich über das dürre Geäst her.

… sagt der Bub und schaut fasziniert zu, wie die Flammen sich die Vorhänge emporarbeiten. Ihm ist ganz warm. Er kichert.

GISELA SACHS

Meine Oma und ich

Ich brauche dringend Urlaub, denke ich und reibe von den Kunden unbemerkt meine schmerzenden Knöchel unter der Kassentheke. Scheißjob. Er macht mir überhaupt keinen Spaß. Seit vor über fünf Jahren meine Bürostelle bei *Knorr* gestrichen wurde, mache ich diesen unterbezahlten Mist im Verkauf. Gut, ich hätte mit in die Hauptverwaltung nach Hamburg umziehen können – man bot mir das an. Aber was soll ich in Hamburg? Ich bin eine Schwabenpflanze, meine Wurzeln sind fest im Ländle verankert und ich fühle mich sauwohl in meinem Reihenmittelhaus, in unserer Spielstraße mit sechs Häusern, am Rande der schönen „Käthchenstadt" Heilbronn. Noch sauwohler würde ich mich fühlen, hätte ich meinen Mann nicht an der Backe.

Am Wochenende werde ich zu meiner Oma nach Stuttgart fahren und mich wieder einmal richtig von ihr verwöhnen lassen, nehme ich mir vor, während mein Daumen sanft mein Sonnengeflecht umkreist. Der Vorweihnachtsverkauf ist Stress pur.

„Oma, kann ich am Wochenende zu dir kommen?", frage ich per E-Mail, als gerade keine Kundschaft vor mir steht. Die Antwort meiner für Technik aufgeschlossenen Oma kommt postwendend. Sie freut sich auf mich, mailt sie zurück.

„Omilein?"

„Drucks net so rum, Mädle. Sag, was'd willsch."

„Maultaschen mit Kartoffelsalat. Und was bereden."

Plötzlich steht eine aufdringliche Kundin vor mir und räuspert sich. „Macht neun Euro dreißig. Dankeschön. Auf Wiedersehen."

„Geht klar, Schätzle."

Ich höre im Geiste das schallende Gelächter meiner Oma und sogleich füllt sich mein Bauch mit warmer Vorfreude. Gegessen habe ich heute noch nichts, bin wieder einmal allein in diesem Schuppen und komme nicht zum Pausemachen.

Meine Oma kocht, obwohl sie aus dem Rheinland stammt, vorzugsweise und vorzüglich schwäbische Hausmannskost:

Linse mit Spätzle und Saitenwürstle. Saure Nierle. Schupfnudeln mit Kraut. Schwäbischen Sauerbraten. Roschtbraten. Katzagschroi. Und dann jeden Freitag – Mauldäschle mit Kartoffelsalat. Man muss feste Bräuche haben, meint meine Oma, die vor über fünf Jahrzehnten der Liebe wegen nach Stuttgart gezogen und nach Opas Tod im Ländle geblieben ist.

Spontan entschließe ich mich, nach Ladenschluss gleich loszufahren, ich will nicht bis zum Wochenende warten. Die 57 Kilometer von Heilbronn nach Stuttgart schaffe ich, ohne etwas zu essen, denke ich. Die Uhrzeit allerdings ist äußerst ungünstig. Feierabendverkehr. Dieses Nadelöhr an der Einfahrt Feuerbach hat mich schon oft an den Rand der Verzweiflung gebracht. Und dann diese Parkplatzsuche in der Innenstadt Stuttgarts – meine Oma wohnt in der Nähe des Rotebühlplatzes.

Meinem Noch-Ehemann habe ich nichts von meinem Vorhaben erzählt. Wahrscheinlich bemerkt er nicht einmal, wenn ich von der Arbeit nicht nach Hause komme. Klausi scheint mit dem Fernseher verheiratet zu sein, behandelt mich seit vielen Jahren schon wie lebendes Inventar, lässt sich gehen, wird immer fetter, starrt in seiner Freizeit nur in die Glotze und stopft dabei Unmengen Kartoffelchips in sich hinein. Die Chipsreste kratzt er sich regelmäßig mit dem Zeigefinger aus seinem Gebiss. Mich schüttelt es vor Ekel bei diesem schabenden Geräusch und ich kratze oft die Kurve, gehe spazieren, um dieses Elend nicht ertragen zu müssen.

Ein paar Meter hinter unserem Haus liegt meine Kraftquelle – ein Naturschutzgebiet. Die glasklare Schozach schlängelt sich, umrahmt von Wiesen, Bäumen und Weinbergen, leise plätschernd durch das Tal, in dem sich „Fuchs und Hase gute Nacht sagen“. Ich entdecke immer wieder neue Vögel. Sogar einen Eisvogel habe ich hier schon gesichtet.

Endlich habe ich einen Parkplatz gefunden. Oma freut sich, dass ich heute schon da bin. Ich schütte ihr mein Herz aus.

Ich habe meinen Mann heiß und innig geliebt. Bis ich herausgefunden habe, dass er nicht der Besitzer unseres Hauses, der Mercedes nur geleast ist und es keine Erbtante in Amerika gibt. Schon ein paar Monate nach unserer Hochzeit stellte sich heraus, dass das Einzige, was Klausi wirklich besitzt, eine verschwiegene Lebensversicherung ist. Eine saftige Lebensversicherung! Diese hat er sich einmal im Suff aufschwätzen lassen und ich bin die Nutznießerin. Falls ihm einmal etwas passieren sollte …

Das erste Mal habe ich es mit Vergiften versucht, habe pürierten Fingerhut unter das Gemüse für seine Maultaschen gemischt. Er hätte die „Mauldäschle“ lieber angebacken und mit Kartoffelsalat gegessen, statt in der Brühe, hatte er gemeckert und mein frisch aufgelegtes Tischtuch vollgekleckert. Ich habe nichts darauf gesagt, ihn nur beobachtet. Es vergingen 5 Minuten. 10 Minuten. 15 Minuten. Dann endlich bekam er Bauchschmerzen. Krampfartige!

Klausi wurde schneeweiß im Gesicht. Schweißperlen tropften von seiner Stirn. Er guckte mich an wie ein Stier und verdrehte die Augen. Ich sah nur noch weiß. Keine Pupillen mehr. Jetzt ist es so weit, dachte ich. Aber Klausi kotzte nur wie ein Reiher. Der Kerl ist zäh wie ein windiger Hund. Schon ein paar Stunden später nahm er seine Arbeit als Landschaftsgärtner wieder auf. Er verschönert gerade den Wertwiesenpark – unser ehemaliges Landesgartenschaugelände von 1985.

Ich lasse mich von dem fehlgeschlagenen Mordversuch nicht entmutigen. Das Gespräch mit Oma hat mir neue Kraft gegeben. Sie ist jetzt wie immer über die Weihnachtsfeiertage bei uns und hat kurzerhand meinen Haushalt übernommen – und ich versuche noch einmal, etwas passieren zu lassen …

Mein Mann steht jeden Abend zur gleichen Zeit vor unserer Haustür und raucht ein paar Zigarettchen, beobachtet das Kommen und Gehen der Nachbarn. Vorzugsweise das der Nachbarinnen, und mit ganz großer Vorliebe das der ersten Bürgermeisterin von Heilbronn, die drei Häuser von uns entfernt wohnt. Von unserem Dachfenster hängen lange Eiszapfen. Direkt über ihm. Einer ist besonders lang, ähnelt einem Schwert. Wenn der herunterfällt, ist er hinüber, denke ich. Wie aber fällt so ein Eiszapfen zur richtigen Zeit auf den richtigen Kopf?

Die Lösung fällt mir beim Kochen ein. Ich schnappe meinen Bunsenbrenner, mit dem ich meine „Crema catalana" karamellisiert habe, gehe auf unseren Dachboden, kämpfe mich durch Bretter, Kisten, Schachteln, Werkzeuge und Altkleider. Eine Maus huscht erschreckt vor mir davon und ich muss mich durch etliche Spinnweben kämpfen, bis ich endlich das mit Eisblumen verzierte Dachfenster öffnen kann. Der Eiszapfen sieht aus der Nähe gigantisch aus.

Ich werfe einen Blick aus dem Fenster, genieße die Sichtweite bis zum Wasserturm nach Böckingen und streichele den Zapfen liebevoll, bevor ich das „Bunsenbrennerle“ darunterhalte.

„Wie glänzt er festlich, lieb und mild.

Das Auge lacht, es lacht das Herz.“

Tief unter mir steht mein Mann, der aller Wahrscheinlichkeit nach seine „letzte Zigarette“ raucht. Der „Diamantzapfen“ funkelt im milchigen Mondlicht.

„Ist bei euch alles in Ordnung?“, ruft plötzlich die Nachbarin rüber: „Es sieht aus, als ob es brennt.“

Und in diesem Moment löst sich der Zapfen und donnert ungebremst nach unten, streift meinen Mann aber nur seitlich am Kopf, weil der nach der Nachbarin guckt.

„Hoppla“, sagt der Dickschädel. „Das hätte aber anders ausgehen können“, geht ins Haus zurück und setzt sich wieder vor die Glotze.

Ich schleiche gerade die Speichertreppe herunter, als ich meine Oma laut in der Küche werkeln höre. Ich verstecke mich hinter dem Dielenschrank – habe ich doch noch das „Bunsenbrennerle“ in der Hand.

Meine Oma sieht mich nicht und trippelt an mir vorbei ins Wohnzimmer. Äußerst vorsichtig trägt sie in der rechten Hand meinen teuersten und besten Teller – das Hochzeitsgeschenk meines Chefs.

Der Teller ist beladen mit den Zimtsternen, die Oma von Stuttgart mitgebracht hat. Grüne Thujazweige und rote Weihnachtssternblätter verzieren den Tellerrand. Es sieht hübsch aus. Oma verwöhnt meinen Mann? Das ist auch noch nicht da gewesen. Ihre gegenseitige Abneigung ist die verlässlichste Sache der

Welt. Meine Oma konnte Klausi noch nie leiden, riet mir ganz vehement von einer Hochzeit ab.

Omi macht Stopp vor Klausi, knallt den Teller mit den Zimtsternen auf unseren Glastisch, dass ich um beides bange, umklammert mit ihrer linken Hand krampfhaft eine Pistole.

„Die isch jetzt“, sagt Oma zu Klausi. „Odder ich schieß.“ Und hält ihm den Lauf der Pistole an die Stirn. Mein Mann guckt erst erstaunt, dann wird er blass. Schweißperlen benetzen seine Stirn. Angewidert isst er einen Zimtstern nach dem anderen, schaut sich dabei immer wieder Hilfe suchend um. Ich spähe erst ungläubig hinter dem Dielenschrank hervor und bringe dann ungesehen mein „Bunsenbrennerle“ in die Küche zurück.

Ein Rumpeln von draußen lässt mich aufhorchen. Ich spähe aus dem Küchenfenster, sehe zwei gepanzerte Mercedes-Benz S-Klasse, werde neugierig und stelle mich vor die Haustür. Promi-Besuch mit vier bewaffneten Leibwächtern bei der Bürgermeisterin. Aha!

Nicht nur bei mir zu Hause passiert Aufregendes. Gespannt spicke ich die kopfsteingepflasterte Straße entlang, ziehe genießerisch die klare Nachtluft durch meine Nase und bewundere unser weihnachtlich geschmücktes Häuschen. Klein, aber fein. Und hoffentlich bald mein. In unserem Vorgarten blinken die Solar-Sterne um die Wette. Unsere Haustür schmückt eine Girlande mit goldenen Schlaufen. Mein Blick fällt über unsere hell erleuchtete Fensterfront, bleibt an unserem Vorzeigefenster hängen – ein Traumland in weiß.

Schneemänner, Schneeflocken, ein weißer Schlitten mit zwei weißen Pferden, die Kutsche voller Engelchen in weißen Gewändern, daneben drei schneebedeckte Tannenbäume. Auf dem mittleren Baum sitzt eine Schnee-Eule im Wipfel. In der Ecke unten rechts sitzt ein weißer Hase und schnuffelt neugierig an den im Schnee liegenden Musikinstrumenten der Engelchen. Ich habe unzählige Schneekristalle aus weißem Filz über das ganze Fenster verteilt und unzählige Stunden an dieser Pracht gebastelt. Und bin stolz auf mich. Unser Häuschen ist das schönste weihnachtlich dekorierte Häuschen dieser Straße.

Friede zieht in mein Herz – bis mir wieder mein Ehemann einfällt, und ich bete ein flehendes „Ave Maria“. Danach spreche ich ein ernstes Wörtchen mit Gott: „Herr, ich weiß, dass ich ein Versprechen gegeben habe: ‚Bis dass der Tod euch scheidet.‘ Aber nur darauf zu warten, dauert einfach viel zu lange.“

Die Straße vor mir vibriert, ich höre rollendes Rumpeln.

„Deine Antwort kommt rasch, o Herr.“

Meine Augen wandern zum Himmel, können aber nichts Außergewöhnliches entdecken. Sie wandern zu Erden nieder.

„Aha, der Minister geht schon wieder.

Verzeihe mir, Herr.“

Ich achte nicht auf die ungewohnten Geräusche hinter mir, hadere weiter mit dem Herrn im Himmel und merke nicht, wie die Zeit verstreicht.

Als ich ins Wohnzimmer komme, ist die leichenblasse Haut meines Mannes mit roten Quaddeln übersät. Er schnappt nach Luft wie ein Fisch auf dem Trockenen, fuchtelt wild mit den Händen, verdreht die Augen. Ich sehe nur noch weiß. Keine Pupillen mehr.

Jetzt kann ich wieder die Bröckele aus dem Teppich rauskratzen, denke ich. Aber dann fängt mein Mann an zu röcheln. Einmal kurz. Einmal lang, rutscht vom Sofa und bleibt reglos am Boden liegen.

„Denn henn mer ferr alle Zeite los. Der iss hinüber“, sagt meine Oma trocken. „Do kannsch jetz sehe, wass des fer oin Sekkel war, den du gheirat hosch. Isst oin Zimtstern nachem andre. Unn dess bei seiner Haselnussallergie. Oin Kopfschuss wär für den Bachel doch viel oagenehmer zum Sterwe gwä.“

Oma legt die Spielzeugpistole wieder zu den Faschingsutensilien in den Dielenschrank zurück, dreht sich zu mir um und sagt: „Awwer des mit de Lebensversicherung, Mädle, des woisch. Die geht halbe-halbe.“

NESSA ALTURA

Weihnachtsfluch zu Waldenbuch

Ich arbeite ja im *Schloss Waldenbuch*. Im Landesmuseum, kennen Sie es? Das *Museum der Alltagskultur*. Hui! *Alltag und Kultur?* Meistens lachen meine Kollegen an dieser Stelle schon. Sie nicht, danke. Aber Sie können sich vorstellen, dass man als Kunstgeschichtlerin immer Sorgen hat: Das Geld reicht nie, die Stellung ist unsicher, die Projekte sind seitens des Publikums von mäßigem Enthusiasmus begleitet, die Ausstellungskataloge liegen wie Blei an der Theke, der Rücken schmerzt, die Rente bleibt eine Langfrist-Vision … Es ist schon so: Armut ist weiblich, geisteswissenschaftlich und eine Tatsache der Alltagskultur. Aber ich will nicht jammern – mir geht es inzwischen blendend, danke der Nachfrage. Mein Leben hat jetzt einen neuen Inhalt bekommen, ein Ziel, einen Zweck. Dank Weingart und Cornel, zwei neuen Männern in meinem Leben.

Wie das gekommen ist, wollen Sie wissen? Nun, das war Weihnachten vor sieben Jahren. Ich war pleite. Ohne Geld, aber dafür mit Kopfschmerzen vom Nachdenken, wie ich mich aus dieser entwürdigenden Lage befreien könnte, um ein paar Weihnachtsgeschenke – für mich, für niemanden sonst, ich bin ja Single! – kaufen zu können. Es gibt halt immer ein paar Wünsche, die sich ansammeln. Und die nicht ideeller, sondern höchst materieller Natur sind. Ein Urlaub in der Sonne, zum Beispiel, oder Winterstiefel. Oder eine neue Küchenplatte. (In dieser Reihenfolge, wenn es Sie interessiert.) Nur weil man Kunstgeschichte studiert hat, ist man nicht automatisch uneitel oder vergeistigt oder ein Hungerhaken. Im Gegenteil. Man hat ja während des Restaurierungspraktikums (das im Übrigen längst nicht jeder Kunsthistoriker macht) einen Sinn fürs Aufhübschen entwickeln dürfen.

Ich dachte also nach und wurde plötzlich fündig. In der Besenkammer im linken Flügel des Schlosses lag schon seit Jahren eine Rolle, die mit braunem Packpapier umwickelt war. Ich habe schon gleich am Anfang meiner Tätigkeit wissen wollen, was das war. Es sah aus wie ein Teppich.

Es *sei* ein aufgerollter Teppich, sagte mir der Museumsleiter. Man habe ihn nach dem Krieg aus Einsiedeln, dem früheren Gestüt des Herzogs Eberhard im Barte, hergebracht, zur Prüfung, die Prüfung. Ein olles, altes, mottenzerfressenes Textil, das gelegentlich zur Abdeckung von wertvollem Mobiliar genutzt, dann aber für überflüssig gehalten worden sei. Ich könne ihn entsorgen, wenn er mich störe. Er war also mein, so habe ich das verstanden. Hätte ich ihn zum Sperrmüll gegeben, hätte ihn niemand vermisst, aber dazu war ich zu bequem. Er störte nicht wirklich. (Psst, manchmal saß ich auf der Rolle, um im Kämmerchen eine Zigarette zu rauchen.) Aber irgendwann, sagte ich mir, würde ich einmal nachschauen, wie ein Teppich aussah, den keiner haben wollte.

Vielleicht war es ja ein fliegender Teppich, höhö!, und niemand wusste davon. Hätte doch sein können, oder? Ich weiß noch, wie Dina, die Putzfrau, und ich darüber gewitzelt haben, Dina, die jetzt zurück nach Portugal ist und dort ihre Enkelkinder hütet. Und mir zu Weihnachten bestimmt wieder eine Postkarte vom Meer schreibt.

2005, kurz vor dem zweiten Advent, war er mir doch im Weg. Ich brauchte Platz für unverkaufte Kataloge. Ich räumte die Besen und Kehrbleche weg, die über ihm lehnten, und zerrte das Bündel ans Licht. Unter dem Packpapier steckte altes Sackleinen, mit ein paar aufgestempelten Buchstaben, die Textreste formten, die mir unverständlich, bestenfalls italienisch, vorkamen. Aber ich habe noch nie Italienisch gekonnt (obwohl ich einmal einen Liebhaber aus Bologna hatte, den Akademiestudenten Luigi, aber das war noch im Studium), also habe ich mich nicht weiter darum gekümmert. Ein gefaltetes Dokument kam mir entgegen, als ich die Schnüre gelöst hatte, aber zum Teil zerrissen und unleserlich, sodass ich es zur Seite gelegt habe. Ich wollte ja den Teppich, um zu sehen, ob sich damit etwas anfangen ließ, etwas Pekuniäres, sozusagen.

Aber dann! Wer beschreibt meine Überraschung … es lag ein Teppich im Teppich versteckt! Eingerollt in die räudige Mottenschutzhülle war ein kleiner, samtiger Seidenteppich. Oder so ähnlich, ich kenne mich da nicht aus. Ganz hübsch. In Rot, Altrosa und Silber. Ziemlich fein geknüpft. Nicht groß. Nicht für die Füße, sondern für die Wand, hätte ich gesagt. So was soll in Schlössern ja gehangen haben. Ich weiß, dass die Könige und Königinnen, die im Mittelalter dauernd herumreisen mussten, solche Dinge geschätzt haben, damit ihre Untertanen überall im Land sehen konnten, dass die Herrschaft noch am Leben war. Also weniger schweres Mobiliar als bei uns im Landesmuseum, sondern kleinere transportable Stücke – Hockerchen, Klappstühle, Kommoden, Spiegel, Leuchter. Und eben Teppiche. Die konnte man dann in jedem Schloss, jeder Burg, jeder Jagdhütte an die Wand hängen und fühlte sich gleich in vertrauter Umgebung. Und so muss das wohl auch in unserer Burg gewesen sein. Die haben ja die Württemberger Herzöge gekauft, um sich im nahen Schönbuch bei der Jagd zu vergnügen. Da mag es ohne die aus Stuttgart oder Urach mitgebrachten Teppiche nackt und kalt gewesen sein.

Nein, nein, wo denken Sie hin – so alt war mein Teppich natürlich nicht. Im Gegenteil, er war ziemlich neu. Oder jedenfalls nicht abgenutzt. Die Ornamente waren traditionell, aber geknüpfte Teppiche – und so einer war es, das sah ich, als ich ihn herumdrehte, um nach einem Etikett zu suchen – werden ja immer in klassischer Manier hergestellt, sonst kauft sie keiner. Vielleicht ge*fakt*, die Chinesen machen doch so was alles heutzutage. Neue Antiquitäten. Überschwemmen damit den Kunstmarkt. Wickeln einen Teppich in altes Zeug ein – das wäre denen zuzutrauen, nicht? Raffiniert sind sie ja … Pflegen wir fröhlich unsere Vorurteile!

Egal, ich würde ihn mitnehmen und zum Auktionator bringen. Mal sehen, auf welchen Wert ihn der schätzte. Wenn, so sagte ich mir, mehr als 250 Euro drin wären, dann würde ich ihn zur Auktion oder ins Pfandleihhaus bringen. Jetzt, so kurz vor Weihnachten, das war doch sicher keine ungünstige Zeit?

Hans Weingart, der Auktionator, den ich schon lange kenne, sah ihn sich an, drehte und wendete ihn, und meinte schließlich: „Perser gehen fast überhaupt nicht mehr. Aber dennoch, ein schönes Stück. Nix China. Qualität. Wie neu. Ich sage mal, 1500 bis 1900."

Ich war überglücklich. Wenn er diese stattliche Summe bei der Stuttgarter Dezember-Auktion herausschlagen könnte, wäre mein Weihnachten ein wahres Fest, dachte ich. Ich bat Weingart, ihn zur Sicherheit noch einem Kollegen zu zeigen, der mehr von Textilem verstand.

Nun ja, Sie haben das ja in der Zeitung verfolgt. 12000 Euro erzielte das gute Stück. Norditalien, aus Mantua. Weingart und ich waren völlig perplex, ich natürlich hocherfreut. Alles ging sehr zügig. Der Bieter, der den Zuschlag erhielt, ein jüngerer Mann, so sagte mir Weingart später, habe bar bezahlt und sei blitzschnell damit verschwunden. Bar? 12000? Den Mann hätte man kennenlernen mögen, nicht?

Ich bekam knapp 10000, die Zuschlagssumme abzüglich der üblichen 20 Prozent Provision für Weingart. Der Chef des Landesmuseums gratulierte mir säuerlich, die Mitarbeiter hatten mein Besitzrecht an dem Teppich bestätigt. Ich kaufte einen

Mantel von *Armani* (kühles Hellgrau), Stiefel von *UGGs* und eine Küchenplatte aus Granit. Und richtete ein Festgeldkonto ein. Jaha, Weihnachten war ein Fest in diesem Jahr! Ich liebäugelte mit einem Frühlingsurlaub in Lissabon.

Aus Lissabon wurde nichts. Der Januar war bitter. Sie haben es gewiss gelesen: Der Ersteigerer war ein Fuchs. Kunstgeschichtler wie ich, aber ein Teppichspezialist, Spezialgebiet italienische Renaissance. Befreundet mit einem Angestellten im Staatsarchiv. Er wusste wohl, was er tat. Geknüpfte Teppiche aus italienischen Werkstätten gab es in jener Zeit nämlich nicht. Außer am Hof von Mantua, wo Niederländer wirkten. *Christie's* in London nahm 30 Tage später den Wandteppich an – ein Geschenk an eine italienische Fürstin von ihrem Bruder. Cinquecento, 15. Jahrhundert. Und dann kam es zu einer Bieterschlacht, die die Welt noch nicht gesehen hatte: 2,7 Millionen Pfund erzielte mein Teppich. Der Käufer wollte anonym bleiben, aber man munkelte, er sei aus den Emiraten, ein Ölprinz. Der Einlieferer konnte ein Schriftstück präsentieren, das die Echtheit mehr oder weniger bestätigte. Es wurde später in der Zeitung abgedruckt und ich studierte es mit wehem Herzen:

Illustris domine frater honorande. Fradello mio caro,
ne ho mai recevuto il tapetto di consolatzione. Ah,
come sono in miseria. Ma poverina Babarina! Ma
medicus curat, natura sanat. Non altro al presente,

Ex Urach, die 5 novembris 1476 + Quintagenita filia, sor or Barbara Gonzaga cum recommendatione*

Ich ließ die Zeitung sinken. Ich schlug mir mit der Hand vor die Stirn. Barbara Gonzaga, die hoch vermögende und reich geborene Ehefrau von unserem Graf Eberhard im Barte. Hochzeit in Urach 1474! Weiß doch jedes Kind im Land! Immer wieder auch in Waldenbuch zu Gast gewesen! Und in Einsiedeln. Nach einem Jahr schon schwanger, darob – und natürlich aus dynastischen Gründen – überglücklich. Später todtraurig. Fast täglich Briefe, die zwischen Württemberg und Mantua hin und her transportiert wurden … mal in Italienisch, mal in Deutsch, je nachdem, ob ein sprachkundiger Schreiber zur Hand war.

Ich rief sofort Weingart an. Auch er war außer sich. Er gestand mir, dass er damals zu bequem gewesen war, seinen Kollegen um eine Begutachtung zu bitten. Nun, für ihn ging es um die Differenz zwischen ein paar Tausend und einer halben Million, aber für mich … ach, mir wurde schwarz vor Augen, als ich es mir ausrechnete. Was hätte ich als Millionärin für ein Leben führen können! Weit weg von Waldenbuch! Reisen, Klamotten, Antiquitäten, Autos, Eigentumswohnungen, Liebhaber – alles wäre mir offengestanden. Ich konnte nicht schlafen in dieser Nacht, war wie im Fieber. Dann sprang ich aus dem Bett und setzte mich über die Papierfragmete, die ich aufgehoben hatte. Ich brauchte vier Tage, dann hatte ich es. Es war eine eigenartige Mischung aus Deutsch, Italienisch und Lateinisch:

Hochgebornne furstin, herzlibe soror,
sy nit depresset op der klynen Barbarina.
Contra vim mortis non est medicamen
in hortis. Der gnedigen frowen von Mantua, itzo
Wurttemberg, gesendet ein deppch, tapisseria per
comfortem et calorem,
Fatto in Mantua, dove residuat la sua
famiglia. Impavidi progrediamur.

Domino Federico di Gonzaga, marchioni
Mantuae ac generali locumtenenti et cetera.

*Mantua, die 15 Decembre, 1476***

Die kleine Barbarina, das war der einzige Sprössling, der dieser gemeinhin glücklich genannten Ehe entwuchs. Schon vor der Vollendung des ersten Lebensjahres wieder entschwunden. Mutter Barbara untröstlich. Der Bruder voller Mitleid. Es brauchte nicht viel, um sich das vorzustellen …

Das Einzige, das *mich* tröstete, war die Tatsache, dass es Weingart nicht besser ergangen war als mir. Wir trafen uns wenige Tage später, um die Rechtslage zu erörtern. War da vielleicht etwas zu machen? Ein hinzugezogener Anwalt erklärte unsere Aussichten, ein Stück vom Kuchen abzuzweigen, für aussichtslos. Als er gegangen war, betranken wir uns richtig, der Weingart und ich. Mit italienischem Rotwein, das Viertele zu 6,50. Egal. Er zahlte. Das war er mir schuldig.

Was uns am meisten wurmte, war die Tatsache, dass wir beide unprofessionell gewesen waren. Er als Auktionator, der nicht ordentlich durch einen Experten hatte prüfen lassen, und ich als Kunsthistorikerin, die den Wert eines Teppichs nicht erkannt hatte, obwohl ich es, auch ohne Spezialistin zu sein, besser hätte wissen können: Ich hatte ja die Restbestände des historischen Schreibens von Federico Gonzaga an seine Schwester Barbara. Datiert! 1476! Hätte ich ja nur lesen müssen! Kann man sich noch dümmer anstellen?

Er hatte ihr meinen Teppich zum Trost geschickt, in Einsiedeln war er in Empfang genommen worden (beim Pferdewechseln?) und dann hatte man vergessen, ihn an Barbara weiterzureichen. In jenen Tagen mögen Geschenke – die zwischen Mantua und Württemberg des Öfteren hin und her gingen – immer einmal wieder auch nicht durchgekommen sein. War er deshalb schon damals in seine schäbige Umhüllung gesteckt worden?

Wir begannen zu hassen. Denjenigen zu hassen, der uns diesen Tort angetan hatte. Den unbekannten Ersteigerer von Stuttgart. Es kostete uns zwei Monate und Weingart ein paar Tausender, ihn ausfindig zu machen; er hatte auf der Bieterkarte eine fiktive Adresse abgegeben. Eine englische Detektei fand ihn schließlich: Cornel Franz, jetzt mehrfacher Millionär. Ein 40-jähriger Teppichhändler aus Baden-Baden. Wir Idioten hatten ihm zu weihnachtlichem Reichtum verholfen. Weingart und ich schworen Rache. Rotweintrunken beschlossen wir, ihm ab jetzt immer wieder unvergessliche Weihnachten zu bereiten.

Weihnachten 2006: Cornel Franz, seit Kurzem polizeilich gemeldet in Miami, findet auf seiner Terrasse eine lebensgefährliche Pythonschlange.

Weihnachten 2007: Cornel Franz, jetzt wohnhaft in New York City, wird am 23.12. Opfer eines Straßenüberfalls. Er wird zwar nicht verletzt und verliert auch nur wenig Geld, erleidet aber ein Trauma.

Weihnachten 2008: Cornel Franz hat sich ins Allgäu zurückgezogen. Er entgeht am ersten Weihnachtsfeiertag knapp einer Dachlawine, die seinen Ferrari platt drückt.

Weihnachten 2009: Cornel Franz, der eine Villa auf Madeira besitzt, muss erfahren, dass diese am vierten Advent komplett abgebrannt ist.

Weihnachten 2010: Franz C. M. vermisst seine kleine Yacht *Barbarina* in Ibiza, wo sie im Winterlager liegt. Vermutlich hat sie sich im Sturm von der Mole gelöst und ist dann aufs Meer hinausgetrieben.

Weihnachten 2011: Der Hund *Fedo*, den Franz abgöttisch liebt, ein Afghane, stirbt an einer Vergiftung unbekannten Ursprungs.

2011 übrigens hat eine ähnliche Teppichstory ganz Deutschland in Atem gehalten. Das Stück, das ebenfalls bei *Christie's* versteigert wurde, erzielte märchenhafte 7,2 Millionen und war somit der teuerste Teppich der Welt. Und der Emir von Qatar war es, der das Sümmchen hingeblättert hat. Vielleicht, um Barbaras Trostteppich Gesellschaft zu verschaffen? Nun waren wir uns ziemlich sicher, wer unser gutes Stück besaß.

Weihnachten 2012: Es bleibt noch ein wenig Zeit, um sich etwas auszudenken. Wir warten immer bis zum letzten Augenblick, denn es ist nicht auszuschließen, dass die Natur auf unserer Seite ist: siehe 2008, 2006 und 2010.

Weihnachten 2015 aber ist schon in der Planung: Wir verkaufen dem Ölscheich unser Dokument. Brief und Gegenbrief um eine herzzerreißende Story. Es wird den Wert des Gonzaga-Teppichs für Sammler vervielfachen. Das müsste ihm doch ein hübsches Sümmchen wert sein, meinen Sie nicht?

Basta cosí. Ich habe angefangen, Italienisch zu lernen. Eine schöne Sprache, ich empfehle sie Ihnen! Es muss ja nicht gleich Arabisch sein …

P.S.: Ich habe immer gehofft, dass Weingart und ich ein Paar werden würden. Aber, so viel weiß ich jetzt, aus gemeinsamem Hass wird noch lange keine Liebe.

*Hochwohlgeborener Herr und teurer Bruder mein, den Trostteppich habe ich nie erhalten. Ach, wie unglücklich ich bin! Meine arme kleine Babarina! Aber der Arzt hilft, die Natur heilt. Nichts mehr in diesem Augenblick. […]

** Hochgeborene Fürstin, herzliebe Schwester, lass deinen Sinn nicht trüben wegen deiner kleinen Barbarina. Gegen den Tod gibt es im Garten kein Kraut. Der gnädigen Frau von Mantua, jetzt Württemberg, gesendet ein Teppich, geknüpft zum Trost und zur Wärme. Hergestellt in Mantua, wo deine Familie residiert. Unverzagt wollen wir vorwärtsschreiten. […]

Anfangs-, Schluss- und Höflichkeitsformeln nach den Briefen von Barbara und Federico, Begleitbuch und Katalog zur Ausstellung des Landesarchivs Baden-Württemberg, Hauptstaatsarchiv Stuttgart, Von Mantua nach Württemberg: Barbara Gonzaga und ihr Hof, 2011. Briefinhalt frei erfunden, einzelne Wörter („deppch“) jedoch entnommen.

GUDRUN WEITBRECHT

Alle Jahre wieder

Den Engel aus dem Erzgebirge packte sie zuletzt aus. Ihn hob sie bis Heiligabend auf. Vorsichtig nahm Susi die gedrechselte Figur aus der Holzwolle heraus, zupfte einen kleinen Span von ihrem Flügel und stellte sie neben den Bergmann ins Wohnzimmerfenster. Susi schaute auf ihre Armbanduhr. Schon zwei Uhr, der Christbaum hätte schon längst angeliefert sein sollen. Hoffentlich versetzte sie die Gärtnerei nicht.

„Das mache ich nur für Sie als langjährige Kundin", hatte ihr der Verkäufer vorgestern gesagt und ihr dabei vertraulich zugezwinkert, was Susi ziemlich unverschämt fand – schließlich war die Douglasie sauteuer gewesen. Bei einem billigeren Baum, der in ihren Kleinwagen gepasst hätte, wären die von der Gärtnerei wohl nicht so kundenfreundlich gewesen.

Beim Verlassen des Geschäftes hatte sie, wie rein zufällig, aber unbemerkt, eine Palette mit Weihnachtssternen gestreift und umgestoßen. Zurück blieben entwurzelte Ballen und abgeknickte Blätter.

Noch einmal ging Susi von Raum zu Raum und sah sich um, überprüfte alles. Wie immer war ihre Dekoration perfekt.

Heerscharen von Räuchermännchen standen auf dem Wandbord hinter der Eckbank in der Küche – nicht nur jeder Berufsstand war vertreten, sondern auch Nikoläuse waren dabei. Da, wo noch keine geschnitzten Schwibbögen – natürlich solche ohne elektrische Kerzen, sondern mit denen aus Bienenwachs – die Fensterbänke im Esszimmer ausfüllten, nahm das Engelsorchester seinen Platz ein.

Vor drei Jahren hatte Susi eine Halbtagsstelle im Büro angenommen und verdiente eigenes Geld, musste aber jeden Cent umdrehen. Trotzdem erwarb sie jedes Jahr auf dem Stuttgarter Weihnachtsmarkt einen Elfpunkteengel dazu. Auch an dem Stand für Christbaumkugeln war sie wie immer nicht vorbeigegangen, ohne eine oder zwei mitzunehmen. Sie ahnte, dass sie im Januar, spätestens wenn der Kontoauszug kam, ihre Weihnachtseinkäufe bitter bereuen würde. Und als ob das nicht schon schlimm genug war, hatte ihre Schwiegermutter Irmi gegiftet, als sie die erstandenen Schätze auspackte:

„So eine Verschwendung, als ob von dem Kruscht nicht schon genug da ist."

Noch einmal strich Susi die blütenweiße Tischdecke glatt. Ein prüfender Blick auf die für fünf Personen eingedeckte Tafel mit dem auf Hochglanz polierten Silberbesteck sagte ihr, dass sie alles richtig platziert hatte.

Über dem Tisch umrahmten Girlanden aus frischem Tannengrün den Deckenleuchter mit echten Kerzen. Auch der Handlauf der Treppe, die zu den Schlafzimmern führte, war damit geschmückt. Wie in jedem Jahr hatte Susi in der großen Diele den Kaufladen aus der Gründerzeit aufgebaut, obwohl ihre zwei Jungs nie damit spielen durften, als sie klein waren.

Besonders heute hing die Sehnsucht nach den beiden wie ein Kloß in ihrer Kehle. Wie niedlich und brav waren sie als Kinder gewesen – eineiige Zwillinge –, auch wenn sie später als Heranwachsende nur Unsinn und Streiche im Kopf gehabt hatten.

Um sich von dem Gedanken abzulenken, atmete Susi tief ein. Potpourris in flachen Schalen verströmten ihr weihnachtliches

Odeur. In allen Räumen, selbst auf der Gästetoilette, standen in Gruppen Weihnachtssterne, farblich auf die Einrichtung abgestimmt. Noch einmal faltete Susi die mit Elchen bestickten Handtücher ordentlich zusammen.

„Jetzt fehlt nur noch das Toilettenpapier mit Zimtgeruch", hatte ihr Mann Gerald einmal gescherzt.

An der Haustür rückte Susi die selbst geflochtenen Buchsbaumkränze mit den roten Schleifen zurecht. Vor dem Eingang harmonierten in Terracottagefäßen silberne Kugeln und weiße Glitzersterne mit Christrosen. Nachdem Susi den Schalter für die Außenbeleuchtung und die Lichterketten umgekippt hatte, erstrahlte die Illumination, von ihr bis aufs Kleinste ausgetüftelt und arrangiert. Ihr Mann hatte noch in den ersten Ehejahren, bis kurz nach dem Unfall, mitgeholfen, die Beleuchtung anzubringen. Bis ihm, wie er durchs ganze Haus gebrüllt hatte, der Weihnachtsstress und ihr Dekowahn zum Hals raushingen.

Susi seufzte, in dieser Familie wurde sie einfach nicht verstanden. Sie ging in die Küche, nahm ihre rote Weihnachtsschürze vom Haken. Fast wäre sie über den Riesenschnauzer gestolpert, der sich mitten in der Küche breitgemacht hatte und schlief. Es war der Hund ihrer Schwiegermutter, an dem diese trotz seiner Blasenschwäche hing. Sie hielt es noch nicht einmal für nötig, die Urinpfützen zu entfernen. Notgedrungen musste Susi, wenn sie mittags von der Arbeit nach Hause kam, erst einmal die Böden feucht wischen. Irmi hatte allen Nachbarn erzählt, der Schnauzer sei ihr Vorkoster und würde sie warnen, falls einmal das Essen vergiftet sei, und dabei schallend gelacht.

Susi öffnete die Flasche Prosecco und schenkte sich ein Glas ein. Immer wenn es Stress gab, und der war besonders an Weihnachten vorprogrammiert, trank sie zu viel und wurde leichtsinnig. Das konnte fatal enden, wie sie aus Erfahrung wusste.

Sie nahm ein Weihnachtsgutsle vom Teller mit den selbst gebackenen Springerle, Butter-S und Albertle, schob es sich in den

Mund. Ihr Blick fiel auf die mit Cognac gefüllten Schokotrüffel. Fast keine mehr übrig. Gestern Abend, bevor sie zu Bett ging, hatte Irmi eine nach der anderen mit einem wohligen „Hm" verschlungen.

Mit einer energischen Handbewegung leerte Susi die restlichen Trüffel in den Komposteimer. Niemals würde sie es wagen, auch nur eine davon zu essen – nicht nur wegen der Kalorien. Dann sah sie auf ihren To-do-Plan, der am Kühlschrank hing.

Zeit, den Rotkohl zu schneiden und die Kartoffeln für die Klöße aufzusetzen. Hoffentlich besaßen sie dazu die richtige Stärke. Auch die Gansfüllung mit Apfelstücken, Hackfleisch und Beifuß-Salbei-Zweigen harrte schon darauf, im Inneren des Vogels verstaut zu werden. Vier bis fünf Stunden brauchte das Vieh bei niedriger Temperatur, nur ganz zum Schluss wurde seine Haut noch einmal mit Honig und Bier überpinselt und unter dem Grill knusprig gebräunt. Im Wasserbad auf dem Herd simmerte schon der Plumpudding vor sich hin.

Leise vor sich hin trällernd, „Alle Jahre wieder …", schnitt Susi die Zwiebel in feinste Würfel. So, nur noch zwei Lorbeerblätter, eine Nelke, die Wacholderbeere, Salz, etwas Zucker und der in kleine Würfel geschnittene Apfel, das müsste genügen, fügte Susi in Gedanken dem Rotkohl hinzu. Es sollte ein literarisches Weihnachtsessen wie zu Dickens Zeiten aus „A Christmas Carol" werden. Irmi hatte es sich so gewünscht. Und Irmis Wunsch war ihr Befehl. Natürlich war eine ganze Gans für die Familie viel zu gewaltig. Von den Resten würde Susi nachher noch tagelang essen, bis es ihr aus den Ohren wieder herauskam, denn Irmi hasste aufgewärmtes Essen.

Wie alle Jahre zuvor stand Susi auch diesmal alleine in der Küche. Das änderte sich weder über die Weihnachtsfesttage noch an anderen Feiertagen. Niemand, am allerwenigsten ihre

Schwiegermutter, tat auch nur einen einzigen Handschlag, um ihr zu helfen.

„Das hast du dir ganz alleine zuzuschreiben", hatte ihr Irmi kurz nach dem Unfall vor vier Jahren – er geschah am Morgen des 24. Dezember – zugezischt: „Denk daran!"

Blöde Zwiebel. Die Tränen schossen in Susis Augen. Jetzt nur nicht heulen, ermahnte sie sich, sonst würde ihr Kajal verschmieren und Irmi hätte wieder einen Grund, sie aufzuziehen und anzumeckern, wie total komisch ihre Schwiegertochter mit den schwarzen Schlieren im Gesicht aussähe, und dass sie sich gefälligst mal das Gesicht vor dem Essen waschen solle.

Sie schaute an sich herunter. Eine ausgebeulte Jogginghose, das alte T-Shirt, nicht gerade ein festliches Outfit. Aber ein praktisches, um den harzigen Baum in den Ständer zu wuchten, ihn zu schmücken, um dann noch einmal durchzusaugen und letzte Hand ans Essen zu legen.

Erst kurz vor dem Auftragen des Menüs blieb ihr Zeit, sich umzuziehen, während ihre Schwiegermutter, wie die englische Queen frisch onduliert, in ihrem besten Nachmittagskleid majestätisch die Treppe hinuntersteigen und sich bedienen lassen würde. Unter dem Weihnachtsbaum würde sie Susi huldvoll ihre übers Jahr gesammelten Kosmetikpröbchen überreichen.

Bei dem Gedanken an ihren Dauergast stieg wieder einmal der Groll in Susi wie Sodbrennen hoch. Vor sechs Jahren hatte Irmi beschlossen, dass sie zu ihrem Sohn und ihrer Schwiegertochter ziehen wollte, weil sie gebrechlicher werde und Hilfe bräuchte. Schließlich hätte sie den Bau des Hauses mit kräftigen Geldspritzen unterstützt und Susi als Nurhausfrau hätte genügend Zeit, sich um ihre Schwiegermutter zu kümmern und sie zu pflegen. Und Susis Mann gab kleinlaut nach. Wenig später zog Irmi mit dem Riesenköter und einer ganzen Wagenladung Möbel und Koffer ein, hatte das obere Badezimmer für sich requiriert, das Gästezimmer und ein Jugendzimmer belegt, sodass die Zwillinge sich ein Zimmer teilen und die Dusche im Keller benutzen mussten, was die beiden Elfjährigen ätzend fanden.

Damals war von Gebrechlichkeit bei Irmi keine Spur zu sehen gewesen. Im Gegenteil, die Alte erfreute sich nach wie vor bester Gesundheit, pflegte ihre Frauenstammtische, ging jede Woche zum Friseur und zur Maniküre und ließ sich mit dem Auto von einem Verehrer zum Seniorentanz im *Café Marquardt* abholen. Früher, bis vor vier Jahren – vor dem Unfall –, fuhr Irmi sogar noch ihren 35 Jahre alten Porsche. Selbst im Winter, obwohl das Haus an einer steilen Hanglage stand und die kurvige, enge Sackgasse von der Stadt nicht gestreut wurde. Regelmäßig wurde Irmi von Gerald gewarnt, das wäre doch viel zu gefährlich, da bräuchte bloß bei ihrem rasanten Fahrstil ein Reifen platzen. Außerdem hätte ihr 911er keine Airbags. Falls etwas zu besorgen wäre, solle sie das doch lieber ihrer Schwiegertochter oder ihrem Sohn überlassen.

Aber das Auto für den Einkauf Gerald oder Susi anzuvertrauen, kam für Irmi nicht infrage. Sie liebte ihren Sportwagen – ihr „heiligs Blechle“. Niemals hätte sie es geduldet, dass irgendjemand anderes als sie ihn fuhr.

Von ihrem Küchenfenster aus hatte Susi einen ungehinderten Blick auf die Straße. In diesem Jahr regnete es den ganzen Dezember und auch heute war das Thermometer bis auf zehn Grad plus geklettert. Kein Schnee oder Frost in Sicht. Susi erinnerte sich an den strengen Winter vor vier Jahren, als die Straße durch Blitzeis so klar und glatt wie ein Spiegel gewesen war.

Natürlich gab es auch damals das traditionelle Gansessen mit Kartoffelklößen und Rotkohl. Als der Probekloß im Wasserbad in sich zusammenfiel, war ein heftiger Streit zwischen Susi und Irmi darüber entbrannt, ob er Mehl oder Stärke benötigte, und wie viel davon.

„Noch nicht einmal richtig einkaufen kann sie", hatte Irmi gehässig ihrem Sohn erklärt.

Gerald brummte nur: „Macht das unter euch aus, mir wird das zu viel", und verließ so schnell er konnte die Küche, während die Zwillinge den ganzen Streit mal wieder hautnah mitbekamen und sich tuschelnd zurückzogen.

Nach langem Hin und Her hatte sich Irmi zähneknirschend bereit erklärt, vor Ladenschluss beim Gemüsehändler einen neuen Sack Kartoffeln zu besorgen. Notgedrungen würde sie mit ihrem Auto fahren, da an dem Familienvan noch keine Winterreifen aufgezogen waren.

Denn Gerald montierte seine Reifen immer auf den letzten Drücker, kurz nach dem ersten Wintereinbruch. Aber als der kam, erwischte ihn die Ischiashexe, und er konnte sich nicht drehen oder bücken, lag fast die ganze Zeit durch Schmerzmittel betäubt auf dem Sofa und jammerte.

Nur gut, dass der Porsche über *M+S*-Reifen verfügte. Da Irmi so geizig wie ein Entenklemmer war – nur im äußersten Notfall gab sie das Auto in die Werkstatt –, hatte sie ihren Sohn schon einige Tage vorher gedrängt, endlich ihre zu montieren. Wieder einmal musste Susi mithelfen und zog die Radmuttern an, zwar fest, aber nicht ganz bis zum Anschlag. Als Gerald abschließend den Reifendruck überprüfte, legte er für seine Mutter ein *Post-it* ins Auto: „Luft auffüllen." Nur dass der Zettel dann abhanden kam und Gerald wegen der starken Schmerzmittel gegen den Hexenschuss keinen klaren Gedanken mehr fassen konnte. Alles fügte sich wie von Zauberhand zusammen. Susis Plan ging auf.

Was sie aber nicht eingeplant hatte, waren die Hilfsbereitschaft und der Leichtsinn ihrer beiden Jungs. Im Flur lag ihre Nachricht: „Haben uns den Porsche ausgeliehen. Fahren schnell zum nächsten Tante-Emma-Laden um die Ecke. Sind bald zurück."

Irmi streifte gerade im Hausflur ihren Wintermantel über, als Susi das Garagentor hörte. Sie stürmte hinaus und schrie: „Nein, halt!“

Es kam, wie es kommen musste. Im amtlichen Polizeibericht stand: „Unfall mit Todesfolge von zwei Siebzehnjährigen auf spiegelglatter Fahrbahn. Der Fahrer besaß keinen Führerschein.“

In den folgenden Monaten verfiel Susi in eine tiefe, dunkle Traurigkeit. Tavor und Valium wurden ihre besten Freunde. Aber weder Gerald noch Irmi konnten sie aus ihrem Tief befreien. Im Gegenteil, die Schwiegermutter übernahm immer mehr die Rolle der Hausherrin.

Als Gerald ein Jahr nach dem tödlichen Ereignis auszog – er hatte inzwischen eine jüngere Frau kennengelernt –, brüllte Susi ihm hinterher: „Mach doch, was du willst, aber nimm wenigstens deine Mutter mit.“

Doch Irmi blieb Susi erhalten. Im Gegenteil, sie beschlagnahmte auch noch das große eheliche Schlafzimmer mit der Bemerkung: „Das brauchst du jetzt sowieso nicht mehr. Wer soll so eine wie dich noch nehmen? Ab jetzt hast du mehr Zeit, dich um mich und den Haushalt zu kümmern. Im Jugendzimmer ist genug Platz für dein Bett.“

Schweigend räumte Susi ihr Schlafzimmer. Fortan kampierte sie zwischen Jeans und Chucks, Computern, Büchern, dem Krimskrams der Zwillinge. Sie brachte es nicht übers Herz, die Erinnerungsstücke an ihre Jungs wegzuwerfen.

Im Frühling beim Großreinemachen von Irmis Zimmern entdeckte Susi, versteckt zwischen den Papieren, das Schreiben eines Kfz-Sachverständigen. Er hatte den Porsche, der auf dem Schrottplatz gelandet war, noch einmal im Auftrag der Halterin untersucht. Sein Befund stand in dem Brief und Irmi hatte sich darauf ihren Reim gemacht. Warum aber hatte Irmi das Ergebnis den Ermittlungsbehörden nicht weitergegeben? Der Vorwurf *Mörderin* hing unausgesprochen in der Luft.

Langsam überkam Susi die Erkenntnis, dass sie ihrer Schwiegermutter auf Gedeih und Verderb ausgeliefert war und dass sie bis an ihr Lebensende geknechtet sein würde.

Krampfhaft überlegte sie, wie sie sich aus diesem Joch befreien konnte. Um keine Datenspuren zu hinterlassen, informierte sie sich in einem Internetcafé über Giftpflanzen sowie Medikamente und deren Dosis und Wirkung.

Inzwischen pflegte sie das Haus, das Gerald großzügigerweise ihr und Irmi überlassen hatte, nahm einen Halbtagsjob an und feierte alle Jahre wieder Weihnachten, so, als ob nichts geschehen wäre.

Bei den Vorbereitungen fürs anstehende Fest las Susi in einer Zeitschrift ein Rezept über Schokotrüffel. Ihr fiel Irmis Heißhunger auf Süßes, auf Pralinen ein.

Schon komisch, dachte Susi, während sie die Pellkartoffeln schälte und durch die Presse drückte. Merkwürdig, wie ruhig es ist. Ganz still ist es in den oberen Räumen. Irmi wird noch schlafen, beruhigte sie sich.

Kein Laut drang zu Susi herunter.

TATJANA KRUSE

Besinnlich, fröhlich, tot

Kurt Dönsdorff, 59, Küster von St. Michael, vernahm an Heiligabend um exakt 19.09 Uhr den Ruf des Schicksals – und er nahm diesen Ruf an!

Seit der ersten *Tatort*-Folge mit Felmy im November 1970 gehörte Dönsdorff zu den treuesten Zuschauern, sah sich jede Folge an, wirklich jede, auch die unsäglichen mit Mattes oder Tukur, vor allem Tukur, völlig abgedreht und un-*Tatort*-ig, und er wusste folglich genau, was er zu tun hatte, als Alfred Schneck, 53, mitten im Choral *Es ist ein Ros entsprungen aus einer Wurzel zart* auf ihn zugetorkelt kam, schwankend wie ein hochgradig Betrunkener, aber doch wohl eher im Todeskampf, wie Kurt Dönsdorff angesichts des riesigen Blutflecks auf Schnecks Brust messerscharf schlussfolgerte, ein Blutfleck, den man besonders gut sehen konnte, weil Schneck den Mantel geöffnet hatte und die blutverschmierte Rechte verkrampft auf den Leib presste.

1 292 Menschen saßen beziehungsweise standen in der Kirche – es gab nicht für alle Sitzplätze, beim Heiligabendgottesdienst herrschte immer Platznot –, aber außer Kirchendiener Dönsdorff bekam keiner etwas mit. Der zweite von drei Weihnachtsgottesdiensten an diesem Heiligen Abend war nämlich in vollem Gange und die Gottesdienstbesucher intonierten gerade den herrlichen Choral, bei dem Dönsdorff als kleiner Junge immer gedacht hatte, es sei ein *Ross* entsprungen, weswegen ihm

bei den Krippendarstellungen grundsätzlich der eklatante Mangel an Pferden aufstieß. Bis heute, wo er es besser wusste.

Kantor Schmölling an der Orgel gab alles. Er spielte nicht oft vor großem Publikum. Am letzten Sonntag waren sie noch zu neunzehnt gewesen und da hatte Frau Bertsch-Baierle vom Kirchengemeinderat schon von einem „vollen Haus" gesprochen. Jetzt schmetterten 1292 Kehlen – also eigentlich nur 1290, denn Dönsdorff war anderweitig beschäftigt und Schneck konnte nur noch röcheln – in der großen evangelischen Stadtkirche zu St. Michael, was die Stimmbänder hergaben.

Dönsdorff nahm den sichtlich im letzten Stadium der Lebendigkeit befindlichen Schneck am Ellbogen und schob ihn mehr als dass er ihn führte hinter die kleine Theke am rechten Seiteneingang, wo Dönsdorff die Woche über saß und Prospekte oder Postkarten an Touristen verkaufte, die den beeindruckenden Sakralbau besichtigen wollten.

Dort bettete er Schneck, der schon glasig schaute, auf die Karodecke, mit der er sich in der zugigen Kirche die Knie zu bedecken pflegte, wenn er Thekendienst schob.

Dönsdorff kannte Schneck. Schneck war stadtbekannt. Und stadtberüchtigt. Ein Immobilienhai, der heruntergekommene Fachwerkhäuser zu Spottpreisen kaufte, die Mieter rausekelte, die Häuser sanierte und zu völlig überteuerten Preisen an Zugezogene verkaufte. Ein Unsympath sondergleichen, den vor einigen Monaten – längst überfällig, wie viele dachten – die Frau verlassen hatte. Einer wie Schneck wurde auf dem Weihnachtsmarkt schon mal – hoppla! – versehentlich mit Glühwein überschüttet, aber ihn gleich umbringen?

Schneck schnaufte noch einmal kurz, dann verstummte sein Bariton für immer.

Dönsdorff deckte den Mann mit einem großen, weißen Altartuch zu.

Gleich darauf winkte Dönsdorff mit der Linken nach den Konfirmanden, die kichernd auf der Bank unter der Treppe zur Empore saßen, und mit der Rechten – er war multitaskingfähig – wählte er die Notrufnummer.

„Ihr sichert die Ausgänge, niemand darf die Kirche verlassen, verstanden? Immer zu zweit an einer Tür. Keiner darf raus!", befahl Dönsdorff den Konfirmanden. Und: „Hier ist ein Mord geschehen", flüsterte er in den Hörer.

Dönsdorff winkte die Kids weg. Es waren ohnehin nur drei Türen für den Gottesdienst geöffnet worden, das schafften die locker. Und die Polizei hatte es nicht weit, die würde gleich da sein.

Tatort gesichert!

Und gleich darauf traf auch tatsächlich die Exekutive ein. Erst mal nur mit einem Streifenwagen, weil ja jeder behaupten konnte, er sei der Kirchendiener und es hätte beim größten Weihnachtsgottesdienst der Stadt einen verdächtigen Todesfall gegeben, aber die Beamten sahen schnell, dass es sich nicht um einen bösen Scherz handelte.

Polizeiobermeister Müller ertastete weder am Hals noch am Handgelenk des Opfers einen Puls.

Schneck war definitiv tot.

Während der Gottesdienst seinen Lauf nahm und die andächtig Versammelten in dem flackernden Kerzenlicht zur monoton vorgetragenen Bibellesung der Seniorenbibelgruppe von Haus Sonnenschein in Halbtrance fielen, verständigte Müller die Mordkommission.

Dönsdorff, der in diesem schicksalsträchtigen Moment förmlich über sich hinauswuchs, lief im Seitenschiff bis zur ersten Sitzreihe und steckte dem Herrn Pfarrer verstohlen einen Zettel zu: *Ein Mann wurde ermordet, die Polizei ist schon da, predigen Sie etwas länger!*

Pfarrer Zäuner nickte nur.

Noch vor Beginn der Predigt traf Kommissar Hörlewein von der Mordkommission ein. Im Zuge der Polizeireform hätte er eigentlich aus der nächsten Kreisstadt kommen müssen, wo sich seit Kurzem sein Büro befand, aber er wohnte gleich um die Ecke, und der diensthabende Beamte in der Zentrale hatte erkannt, dass hier Gefahr im Verzug war.

„Der Täter muss noch in der Kirche sein", versicherte Dönsdorff. „Ich stand direkt vor dem Hauptausgang, da hat man auch beide Seitentüren im Blick. Und seit der Schneck blutüberströmt auf mich zugetorkelt kam, hat keiner mehr die Kirche verlassen."

Die Gemeindemitglieder, die mangels Sitzgelegenheit ganz hinten stehen mussten, bekamen natürlich mit, dass es auf einmal hektisch zuging, wussten aber nicht, was Sache war. Da sie sich nur einmal im Jahr in die Kirche verirrten und sich mit dem Prozedere nicht auskannten und zudem damit rechnen mussten, dass da womöglich eine Laienspielgruppe die Weihnachtsgeschichte nachspielen wollte und sich dafür schon mal in Stimmung brachte, waren sie durch das Hin- und Hereilen der mehrheitlich in Zivil gekleideten Polizisten nicht verängstigt. Höchstens irritiert.

„Geht das auch leiser?!", zischelte ein Mittvierziger im Kamelhaarmantel.

„Wir müssen auf jeden Fall Panik vermeiden." Der Kommissar hob den Blick in das riesige Mittelschiff der Kirche. Womöglich erbat er sich gerade Beistand von oben. Leicht würde es nicht werden. „Und wir müssen von jedem die Personalien aufnehmen." Er seufzte. Über 1000 Personalien, das würde sich ziehen. Was für eine Bescherung …

„Was ist denn hier los?" Kirchengemeinderatsvorsitzende Bertsch-Baierle hatte sich zur Theke bemüht.

Dönsdorff zeigte auf den toten Schneck, der immer noch unter dem weißen Altartuch ruhte, weswegen sich Frau Bertsch-

Baierle nicht gleich erschloss, wieso das die Antwort auf ihre Frage sein sollte. Es sah ein wenig aus wie ein Haufen Schmutzwäsche unter einem Laken.

„Ein Mann wurde ermordet", erläuterte der Kommissar.

„Oh mein Gott!", entfuhr es Frau Bertsch-Baierle, die erbleichte.

„Der Schneck", stellte Kirchendiener Dönsdorff klar.

„Ach so." Frau Bertsch-Baierle gewann umgehend wieder an Farbe.

„Während wir hier die Spuren an der Leiche sichern, kann der Gottesdienst noch weitergehen, aber dann müssen wir die Personalien aller Anwesenden aufnehmen."

„Aller Anwesenden? Das dauert doch Jahre! Wie stellen Sie sich das vor? Das ist doch verrückt! Es ist Weihnachten! Die Leute wollen nach Hause und Bescherung machen! Und um zehn beginnt hier der nächste Gottesdienst!" Frau Bertsch-Baierle argumentierte – und wenn sie argumentierte, wurde sie gern laut.

Der Kommissar zog sie nach draußen vor den Haupteingang, wo eine Skulptur von Drachentöter Michael sein Sandsteinschwert schwang. Es zog eisig. „Hören Sie zu, ein Mörder befindet sich in der Kirche. Der Täter darf nicht ungestraft davonkommen, der Ansicht sind Sie doch sicher auch."

Schneck hatte Frau Bertsch-Baierle einst das Elternhaus für einen Apfel und ein Ei abgeluchst und nach der Sanierung einen Millionenbetrag dafür bekommen. Sie hielt die Frage des Kommissars daher für nicht eindeutig beantwortbar.

Derweil predigte Pfarrer Zäuner auf der Kanzel besonders langsam, betonte jede einzelne Silbe und legte sekundenlange Sprechpausen ein. Manchmal schaute er nach hinten zur Theke, aber niemand gab ihm das Zeichen zum Abbruch. Er war froh, dass er die gesamte Bergpredigt auswendig konnte. Für den Fall der Fälle würde er sie einfach an seine Predigt anhängen. Merkte sowieso keiner. Schlief der alte Pattwitz da vorn in der ersten Reihe?

Mehrheitlich hatten die Leute das Gefühl, dass doch jetzt eigentlich der richtige Zeitpunkt für den Schlusschoral wäre. Es wurde unruhig in der Kirche, Füße scharrten, manche flüsterten, die Kerzen flackerten unstet.

Kommissar Hörlewein hatte die Kirche wieder betreten und die anwesenden Uniformierten angewiesen, mit ihren Notizbüchern an den vorderen und hinteren Emporentreppen Stellung zu beziehen. Per Handy bestellte er Verstärkung, 20 Mann, besser 40.

Immer mehr Menschen tuschelten. Der Zeitpunkt war gekommen, vorn am Altar ein kurzes Statement abzugeben. Der Kommissar ging innerlich schon mal die Worte durch, die präzise und eindeutig sein mussten, aber den anwesenden Kindern keine Angst einjagen durften. Gemessenen Schrittes ging er durch den Mittelgang auf den Altar zu.

Er räusperte sich und wollte dem Pfarrer gerade ein Zeichen geben …

… da geschah es!

Links vorn drehte sich ein hagerer, junger Mann zu ihm um, sprang dann abrupt auf die Beine und wollte nach vorn, am Altar vorbei, die Flucht ergreifen. In seiner Hand funkelte etwas. Die Tatwaffe?

„Stehen bleiben!", brüllte Hörlewein.

Der junge Mann hastete an der Blockflötengruppe der *Grundschule Langer Graben* vorbei, verhedderte sich mit seinem Mantel am Taufbecken, riss sich los und stürmte durch den Chor in Richtung Notausgang.

Von rechts warf sich ein Streifenbeamter auf den Flüchtenden, verpasste ihn allerdings und landete in der Krippendarstellung, die die Jungs und Mädels der *Werkschule am Wald* in monatelanger Arbeit selbst geschnitzt hatten. Das bekam den Schnitzfiguren besser als dem Beamten.

Hörlewein nahm die Verfolgung auf. Er zog seine Dienstwaffe. „Stehen bleiben!", brüllte er erneut.

1291 Menschen stockte der Atem.

Der Flüchtende hatte den Notausgang erreicht und war nur mehr Millimeter von der Freiheit entfernt, da kam etwas durch die Luft gesegelt.

Kurt Dönsdorff war nicht umsonst dreimaliger Landesmeister des *Deutschen Frisbeesport-Verbandes e.V.* und somit wurfscheibengeübt. Das Silbertablett, auf dem sonst immer der Kelch für das Abendmahl stand, erwischte Hajo Welling, 24, an der Schläfe und knockte ihn aus.

Dönsdorff nickte.

Das hier war *seine* Kirche. Und keiner verging sich in *seiner* Kirche am Inventar oder an den Gemeindeschäfchen.

Schmölling oben an der Orgel war in diesem Moment sehr versucht, eine Ennio-Morricone-Melodie zu orgeln …

„Ich sag's nur ungern, aber das Opfer hatte einen Herzinfarkt", erklärte Rechtsmediziner Dr. Anselm Herbst, 54, gleich darauf, während er sich um den am Boden liegenden Hajo Welling kümmerte.

„Wie? Er hier?", fragte Hörlewein.

„Nein, der hier hat nur eine Gehirnerschütterung. Der Tote hinter der Theke."

Fräulein Kieser vom Kirchenchor machte sich unterdessen auf ein Zeichen von Pfarrer Zäuner daran, mithilfe der in ihrer wilden Jugend als Animateurin auf Ibiza antrainierten Entertainmentfertigkeiten eine Massenpanik zu vermeiden. Sie motivierte die fast 1300 Gottesdienstbesucher, dreistimmig *O du fröhliche* zu singen. „Die Empore links fängt an, dann Sie hier unten, dann die Empore rechts!", rief sie gerade fröhlich. „Maestro, den Einsatz bitte!"

Schmölling haute in die Tasten.

„Aber das Blut?", fragte Hörlewein über den einsetzenden atonalen Gesang.

„Blut? Leute, echt. Hat einer von euch mal dran gerochen? Das ist kein Blut, das ist Spaghettisoße." Dr. Herbst kicherte in sich hinein.

Herzinfarkt? Dönsdorff, der das gehört hatte, kam ins Grübeln.

Im Nachhinein schien alles klar: Schneck, von der Frau verlassen, zieht sich ein Fertiggericht rein, bekleckert sich, weil er Tischmanieren wie ein Affe im Zoo hat, ist den Flecken gegenüber gleichgültig und wirft sich nur den Mantel über, als er zur Kirche geht, was man als Geschäftsmann in einer Kleinstadt an Heiligabend tun muss.

Dönsdorff ahnte, dass es gleich peinlich werden könnte. Er hatte aufgrund von Spaghettisoße einen Großeinsatz der Polizei ausgelöst. Lautlos trat er den Rückzug an.

„Und der hier?" Hörlewein ließ nicht locker. „Wieso wollte der sich absetzen?"

„Deshalb vielleicht?" Das funkelnde Etwas in der linken Hand von Hajo war eine Alu-Tüte mit Hasch. Dr. Herbst reichte sie Hörlewein. „Ein Kleindealer, der die Nerven verloren hat."

Hörlewein seufzte.

Vor der Kirche fuhren zwei Mannschaftswagen mit insgesamt 40 Beamten vor.

Die Sterne am Himmel über St. Michael funkelten. Kurt Dönsdorff wurde eins mit der Nacht.

„Und jetzt alle gemeinsam!", rief Fräulein Kieser.

O du fröhliche schallte es aus 1 291 Kehlen.

STEFANIE WIDER-GROTH

Weihnachtsgeld

„Oh Gottchen, oh Gottchen“, japst Onkel Louis ein ums andere Mal und schnauft dabei wie die Wildschweinbache, die wir beim letzten Besuch im Schaubauernhof der Wilhelma gesehen haben. Seit wir zurück in Omas Wohnung sind, ist es um seine Fassung geschehen. „Das konnte ja niemand ahnen. Dass *so* etwas passiert.“

„Unfug“, schnaubt Oma zornig. „Irgendwann mal musste es so kommen. Und ausgerechnet jetzt, wo du auch noch das Kind mit hineinziehen musstest.“

„Ich hab's doch nicht so gewollt.“ Onkel Louis sieht aus, als fange er gleich an zu weinen, was ich noch nie bei ihm gesehen habe. „Oh Gottchen, oh Gottchen, was soll denn jetzt aus uns werden?“

„Nun reg dich ab.“ Oma denkt praktisch und bringt den Adventskranz in Sicherheit, bevor Onkel Louis ihn in die Finger bekommt und genauso zurichtet wie die von ihm schon völlig zerknüllte Fernsehzeitung. „Nichts wird so heiß gegessen, wie es gekocht wird.“

„Sprichwörter“, winkt Onkel Louis verächtlich ab. „Nichts als Geschwätz.“

„Einen wahren Kern haben sie alle.“

„Blödsinn.“ Onkel Louis scheint jetzt auch wütend zu sein, was Oma veranlasst, *„Männer“* zu stöhnen. Oma glaubt, dass

Männer Frauen nicht verstehen können. Onkel Louis meint, dass es genau andersherum ist. Ich dagegen finde, dass es schwer ist, Erwachsene zu verstehen, egal, ob sie Männer oder Frauen sind. Oma und Onkel Louis zum Beispiel behaupten, die besten Freunde zu sein, aber sie zanken sich immerzu. Seit ich zur Schule gehe, bin ich nachmittags bei Oma. Mama muss arbeiten, damit wir Geld haben. Etwas kann daran nicht stimmen, denn wir haben trotzdem nie welches, aber Mama sagt, das sei noch zu kompliziert für mich. Auch Oma ist knapp bei Kasse, weil alles so teuer geworden ist, wie sie sagt, und Onkel Louis, der eigentlich Ludwig heißt, über Oma im Dachgeschoss wohnt und in Wahrheit gar nicht mit uns verwandt ist, hat auch nicht viel. Dafür ist er ein ulkiger, alter Mann, der tolle Zaubertricks machen und sich großartig verkleiden kann. Weil Oma ihn so oft zum Essen einlädt, hilft er uns manchmal, wenn das Geld nicht reicht. Sein Spezialgebiet sind Besorgungen. Als mein erster Schulranzen wegen der vielen Rangeleien auf dem Hof schon in der zweiten Klasse ganz kaputt war, besorgte er mir einen neuen. Oma allerdings meinte, dass wir Mama das besser nicht so genau erklären sollten. Auch ein Paar von den teuren Markenschuhen, die alle in der Klasse haben und die wir uns gar nicht leisten können, hat er mir mitgebracht. Für Oma hat Onkel Louis ein modernes Bügeleisen besorgt und erst kürzlich für Frau Jonas von nebenan einen neuen Hund, weil ihr alter gestorben ist. Frau Jonas wollte ihn zwar erst nicht so recht, aber dann hat sie sich doch wahnsinnig gefreut – schließlich hat sie sonst nicht viel Gesellschaft.

Alles kann aber selbst Onkel Louis nicht besorgen. Am dritten Adventssonntag nämlich ist unsere Waschmaschine kaputtgegangen. Mama hat furchtbar geweint und gesagt, dass sie ihr ganzes Weihnachtsgeld schon für Geschenke ausgegeben hat. Also hab ich Onkel Louis gefragt, aber er hat nur den Kopf geschüttelt. Eine Waschmaschine, hat er mir erklärt, sei schwer zu transportieren. Deshalb müsse man sie kaufen, in einem Laden mit Leuten, die sie auch zu uns nach Hause bringen und ordentlich anschließen, damit sie hinterher richtig funktioniert. Dazu benötige man ziemlich viel von dem Geld, das wir alle nicht haben, weshalb die Sache nicht so einfach sei. So nahm ich schon zwei- oder dreimal einen Berg Wäsche mit zu Oma. Wir haben sie zum Trocknen über ihrer Badewanne aufgehängt, obwohl da eigentlich kaum Platz ist, denn Omas Bad ist ziemlich klein. Auf die Dauer ginge das deshalb nicht, hat sie gemeint, schließlich müsse sie ja auch selbst noch hineinkönnen, in ihre Wanne. Was ich gut verstehe, denn man muss ja nicht nur die Wäsche, sondern auch sich selbst regelmäßig waschen. So war ich richtig froh, als heute, am ersten Ferientag, Onkel Louis bekannt gab, ihm sei eingefallen, wie wir das Problem lösen könnten. Es ginge aber nur mit meiner Hilfe.

„Klar", sagte ich begeistert, „natürlich helfe ich dir." Es ist ja auch mein größter Wunsch, Mama an Weihnachten eine Freude zu machen. Noch bevor Oma etwas dagegen einwenden konnte, erklärte Onkel Louis ihr, dass wir beide heute einen Ausflug machen würden. Von der Böhringerstraße in Stuttgart-Zuffenhausen, wo Oma wohnt, gingen wir hinauf zur Unterländer Straße. Es gibt dort viele Geschäfte, Onkel Louis jedoch meinte, wir müssten irgendwohin, wo uns niemand kennt, und nahm mit mir die Straßenbahn. Am Pragfriedhof stiegen wir das erste Mal aus. Wir gingen bis zu dem großen Gebäude, in dem die Trauerfeiern stattfinden und wo es mich immer ein bisschen gruselt, obwohl ich noch nie einen toten Menschen gesehen habe. Es reicht mir aber, zu wissen, dass sie dort liegen, die Toten, in kleinen Kammern, wie Oma es mir einmal erklärt hat, und darauf warten, dass man sie verbrennt oder in der Erde vergräbt. Gott sei Dank führte Onkel Louis mich nicht in so eine Kammer, sondern nur zu einer Toilette. Dort vergewisserte er sich, dass niemand außer uns darin war, holte einen grauen Bart und eine graue Perücke aus seiner Jackentasche und verkleidete sich damit. Außerdem zog er sich eine schmuddelige, dünne Regenjacke über und gab auch mir eine etwas zu große Schirmmütze, die ich aufsetzen musste. Danach fuhren wir weiter mit der Straßenbahn, erst zum Hauptbahnhof und von dort in einen weit entfernten Stadtteil namens Botnang. Dabei wies Onkel Louis mich an, immer ein paar Reihen entfernt von ihm zu sitzen, damit niemand uns zusammen sehen konnte. Von der Haltestelle in Botnang mussten wir nur noch ein paar Schritte gehen, bis wir neben einem Glascontainer gegenüber einer Bank standen.

„Jetzt pass auf", sagte Onkel Louis und sah auf seine Uhr. „Diese Filiale hatte über die Mittagszeit geschlossen und macht in wenigen Minuten wieder auf. Wir gehen gleich hinein und hoffen, dass außer uns noch keiner dort ist. Dann muss es schnell gehen. Du lenkst die Leute ab, die da drinnen arbeiten. Frag sie, ob du eine Zaubervorstellung geben darfst, und führe ihnen einen der Tricks vor, die ich dir beigebracht habe. Hast du das verstanden?"

„Ja", nickte ich und suchte in meinen Taschen nach den Spielkarten, die ich immer bei mir trage, falls jemand einen Trick sehen möchte. Im Vorführen bin ich schon richtig gut, wobei es am wichtigsten ist, die Zuschauer gut ablenken zu können.

„Ich", fuhr Onkel Louis fort, während er eine Hand so in die Tasche seiner schmuddeligen Regenjacke schob, dass es aussah, als befinde sich dort eine Pistole, „unterhalte mich so lange mit der Frau an der Kasse. Es wird nicht lange dauern. Wenn ich wieder hinausgehe, folgst du mir sofort. Kapiert?"

Natürlich habe ich das kapiert, es war ja nicht schwer zu verstehen. Nur etwas mulmig wurde mir, aber kneifen, Onkel Louis im Stich lassen und keine Waschmaschine haben, wollte ich auch nicht. Wir machten daher alles so, wie wir es besprochen hatten, und es ging gut, bis Onkel Louis vor der Kasse stand. Genau in diesem Moment flog plötzlich die Tür der Filiale auf und ausgerechnet Frau Jonas kam mit dem neuen Hund hereingestürmt. Sie trug einen komischen Hut und war ganz dick geschminkt, aber ich habe sie trotzdem sofort erkannt, schon wegen des Hundes. Frau Jonas fuchtelte mit einem kleinen, geriffelten Plastikball in der Hand herum und rief laut: „Überfall! Ich habe eine Handgranate!" Die Angestellten, die mir gerade noch beim Zaubern zugesehen hatten, begannen zu schreien, Onkel Louis bekam einen Hustenanfall und sah Frau Jonas für eine Sekunde ganz vorwurfsvoll an, bevor er mich an der Hand packte und aus der Bank hinauszog. So schnell wir konnten, rannten wir zurück zur Straßenbahn, unterwegs riss sich Onkel Louis die Perücke und den Bart herunter und mir die Mütze vom Kopf. Auf der Heimfahrt nach Zuffenhausen sagte er kein Wort, sondern schnaufte nur, während ich mich nicht getraute, ihm eine Frage zu stellen.

„Bestimmt hat sie uns erkannt", jammert er jetzt in Omas Sessel. „Dabei wollte ich nur 1 000 Euro und hatte sie schon fast in der Hand. Oh Gottchen, oh Gottchen, was soll nur jetzt …" Die Türklingel unterbricht ihn, Onkel Louis wird erst rot, dann ganz bleich, sinkt in sich zusammen wie ein Häuflein Elend und flüstert kaum noch hörbar: „Polizei?"

„Nein", entgegnet Oma, die den Vorhang des Wohnzimmerfensters ein wenig zur Seite gezogen hat und nach draußen späht. „Es ist Frau Jonas."

Dieses Mal kommt sie ohne Hund herein, die Schminke hat sie sich entfernt und auch den komischen Hut trägt sie nicht mehr. Nach einem ängstlichen Blick auf Onkel Louis und mich stottert sie zaghaft:

„Es ist mir ja so p… p… peinlich. Vor allem vor dem Kind."

„Ja", meint Oma, zeigt auf den Sessel neben Onkel Louis, dreht sich zu mir um und legt den Finger auf die Lippen. „Peinlich. Genau das ist es wohl."

Frau Jonas setzt sich so vorsichtig in den Sessel, als lägen rohe Eier darauf.

„Ich wusste mir nicht mehr zu helfen", sagt sie leise. „Das Hundchen, das braucht doch ein Futter, das frisst viel mehr als mein alter Pudel. Wenn ich ihm nicht genügend geben kann, holt es sich bei jedem Spaziergang Abfälle aus dem Gebüsch. Da hat es Durchfall bekommen und ich musste mit ihm zum Tierarzt, dabei ist meine Rente doch so knapp ... bitte ... verraten Sie mich nicht."

„Wir? Sie?" Onkel Louis richtet sich erstaunt in seinem Sessel auf.

„Bitte", wiederholt Frau Jonas, klaubt ein bisschen zittrig einen Umschlag aus der Manteltasche und reicht ihn Oma. „Sie bekommen auch einen Anteil von der Beute."

„Allerhand." Oma nimmt den Umschlag, holt ein dickes Bündel Euroscheine heraus und zählt. „Für eine Waschmaschine wäre das genug."

„Soll das heißen, dass Sie nicht zur Polizei gehen?" Frau Jonas guckt hoffnungsvoll erst Oma, dann Onkel Louis und dann auch noch mich an. Onkel Louis, dessen Gesicht nun wieder eine ganz normale Farbe hat, nimmt ihre Hand und tätschelt sie beruhigend.

„Aber Frau Jonas", lächelt er freundlich und fast schon ein bisschen vorwurfsvoll. „Was denken Sie denn von uns?"

Oma legt das Geld in die geschnitzte kleine Truhe, in der sie ihre Spargroschen aufbewahrt.

„Ich weiß gar nicht, was Sie meinen", sagt sie und sieht Frau Jonas mit strenger Miene an. „Schließlich waren wir alle doch den ganzen Tag hier zusammen und haben Kaffee getrunken. Oder etwa nicht?"

Frau Jonas stutzt ein wenig, bevor sie endlich auch wieder lachen kann.

„Oh ja“, freut sie sich erleichtert. „Und dazu gab es Ihre wunderbaren Weihnachtsgutsle. Die waren besonders lecker, nicht?“

Alle nicken jetzt und sehen sehr zufrieden aus – nur ich denke, dass das eine komische Ausrede ist, denn Oma hat mit dem Backen noch gar nicht angefangen. Aber, wie gesagt, Erwachsene sind schwer zu verstehen. Hauptsache, sie bleiben friedlich und die Gutsle sind bis zu den Feiertagen fertig.

MICHAEL WANNER

Eine schöne Bescherung

„Tu mir einen Gefallen, Valerie! Bitte! Nimm die Kinder und verschwinde, bis ich mit diesem gottverdammten Baum fertig bin!"

Johannes wischte sich den Schweiß ab. Seit knapp einer halben Stunde bemühte er sich erfolglos, die Blautanne in den gusseisernen Ständer zu bugsieren. Er war es nicht gewohnt, mit Säge und Beil umzugehen. Seine Welt war die der Philosophie. In etwa einem halben Jahr würde seine Doktorarbeit fertig sein. Und dann, so hoffte er, könnte seine wissenschaftliche Karriere ihren Lauf nehmen. Aber dieser verflixte Baum wollte einfach nicht dahin, wo er hin sollte. Doch Johannes gab nicht auf. Als er es gerade geschafft zu haben schien, stürmte seine neunjährige Tochter Anna ins Wohnzimmer.

Mit einem „Uff, endlich!" ließ sie sich in den Sessel plumpsen, auf dem Johannes die Schachtel mit den Christbaumkugeln abgelegt hatte. Unmittelbar nach Anna folgte ihr fünfjähriger Bruder Florian, der brüllte wie am Spieß, weil er sich beim Schälen einer Apfelsine in den Finger geschnitten hatte und jetzt das Blut an der weißen Tischdecke abzuwischen begann.

Auch wenn er in diesem Augenblick aus der Haut fuhr: Johannes liebte Anna und Florian über alles. Und genau deshalb hatte er darauf bestanden, dass auch in diesem Jahr Weihnachten wie immer gefeiert wird. Obwohl er besser als jeder andere wusste, dass der Haussegen in der Dreizimmerwohnung in der Tübinger Weststadt bereits seit Monaten schiefhing.

Nach Valeries Ansicht hatte das Auseinanderbrechen der Familie schon an dem Tag begonnen, an dem sie aus dem netten kleinen Häuschen ausziehen mussten. Die Miete war bezahlbar, Annas Schule und Florians Kindergarten waren in bequemer Gehentfernung gewesen. Aber seit der Kündigung des Vermieters wegen Eigenbedarfs diente es als Unterkunft für dessen pflegebedürftig gewordenen Vater. Valerie und Johannes hatten monatelang vergeblich nach einer vergleichbaren Unterkunft gesucht. Am Ende war ihnen nichts anderes übrig geblieben, als in ihre jetzige Wohnung einzuziehen.

Valerie war sich sicher: Wenn sie in *ihrem* Häuschen hätten bleiben können, wäre alles anders gekommen. Es hätte nicht ständig Streit zwischen ihrem Mann, ihr und den Kindern gegeben. Und Johannes hätte dann auch keinen Grund gehabt, sich heimlich in die Arme dieser anderen Frau zu stürzen.

Valerie hatte sich gefühlt wie in einem Groschenroman, als sie auf der Suche nach Unterlagen für die Steuererklärung in seinem Schreibtisch die Rechnung eines Pariser Hotels fand – für zwei Personen. Sie stammte von einem Wochenende, das er angeblich mit harter Arbeit in einem Archiv in Konstanz verbracht hatte. Nach einer lautstarken Auseinandersetzung hatte er zwar hoch und heilig versprochen, er werde „die andere" nicht wiedersehen. Aber Valerie hatte erhebliche Mühe, ihm zu glauben. Sie war hin- und hergerissen zwischen Gedanken an eine Scheidung und an eine bessere gemeinsame Zukunft. Entsprechend angespannt war die Stimmung zwischen Valerie und Johannes auch während der gesamten Adventszeit gewesen.

„Es war schließlich *deine* Idee!"

Valerie nahm den stark gereizten Tonfall ihres Mannes auf.

„*Du* wolltest doch unbedingt Weihnachten ‚wie jedes Jahr' feiern", fauchte sie Johannes an. „Wegen der Kinder. Also reiß dich wenigstens heute Abend zusammen! Und sieh zu, dass das krumme Ding da endlich in den Ständer kommt! Oder musst du erst in einem deiner schlauen Bücher nachlesen, wie man so etwas macht?"

Sie drehte sich um und ging ohne ein weiteres Wort ins Schlafzimmer, um ihren Mantel zu holen. Als sie zurückkam, hatte sie sich wieder im Griff.

„Anna, Florian, kommt mit, euer Vater möchte in Ruhe den Baum aufstellen. Wir machen so lange unseren Heiligabend-Spaziergang. Wie immer."

„Das ist aber nicht wie immer, wenn Papa nicht dabei ist", quengelte Florian.

„Herrgott noch mal! Papa ist beschäftigt. Das siehst du doch!", fuhr Valerie ihn an. Im selben Moment tat es ihr leid. „Wenn wir wieder zurück sind, zünden wir die Kerzen an. Und dann dürft ihr eure Geschenke auspacken", versprach sie. „Aber jetzt beeilt euch und zieht eure Jacken an!"

Valerie verließ mit den beiden Kindern das Haus. Sie bogen in die Rappstraße ein, marschierten in Richtung Innenstadt und trabten dann die Haeringstaffel in Richtung Schloss hinauf. Während des gesamten Weges bis zur Schlossbergstraße sprach niemand ein Wort. Die Kinder trauten sich nicht, weil sie vermuteten, dass ihre Mutter ernsten Gedanken nachhing. Sie hatten recht.

Während des ganzen Weges wog Valerie die Schmerzen einer Trennung gegen die Erfolgsaussichten eines neuerlichen Versuches ab, das Familienleben so weiterzuführen wie in den vergangenen zehn Jahren.

Am Ende der Schlossbergstraße schien die Entscheidung gefallen zu sein. Trennung. Zumindest vorübergehend. Aber sofort stand Valerie vor dem nächsten Problem:

Soll ich es, überlegte die junge Frau, *den Kindern heute schon sagen? Am Heiligen Abend? Fröhliche Weihnachten. Ach, übrigens, was ich noch sagen wollte: Papa und ich trennen uns für eine Weile? Das kann ich nicht machen!*

Und sofort schwirrten wieder Zweifel an ihrer eigenen, erst vor wenigen Augenblicken getroffenen Entscheidung durch ihren Kopf.

Er hat ja versprochen, ach was, geschworen hat er, dass mit der anderen endgültig Schluss ist! Wenn er Wort hält, kann es ja vielleicht doch wieder so werden wie früher. Als ich mich noch auf unsere gemeinsamen Weihnachten gefreut habe. Unter anderem, weil er stundenlang durch die Stadt gestreift ist, um genau die Handschuhe zu finden, die ich mir immer gewünscht habe. Aber in letzter Zeit? Egal, ob Weihnachten oder Geburtstag: Es ist immer dasselbe. Irgendeinen Gebrauchsgegenstand für die Küche, der ohnedies hätte angeschafft werden müssen. Mal ein Messerblock, mal eine Salatschüssel. Mal ein Set Espresso-Tassen. Lieblos von der Verkäuferin in 08/15-Papier eingewickelt.

Ja, früher! Da hat er noch richtig schöne Geschenke unter den Weihnachtsbaum gelegt! Und fantasievoll verpackt waren sie auch noch!

Valerie seufzte tief.

Damals hat er mich ja auch noch geliebt. Die drei waren inzwischen auf der anderen Seite des Schlossbergs wieder hinuntergestiegen und überquerten jetzt die Neckarhalde.

Nein!, schrie es mit einem Mal in Valeries Kopf. *Es hat keinen Sinn mehr! Gleich morgen früh rufe ich Dagmar an. Und den Kindern sage ich es jetzt sofort!*

Valerie holte tief Luft.

„Ihr habt bestimmt selbst schon bemerkt, dass Papa und ich uns in letzter Zeit ziemlich oft streiten", begann sie zaghaft. „Ich glaube, er mag mich nicht mehr besonders. Und deshalb ist es wohl für uns alle das Beste, wenn Papa und ich uns … wenn wir uns trennen … vorübergehend. Wir drei können bestimmt erst einmal eine Weile bei Tante Dagmar wohnen."

„Ihr sollt euch nicht trennen!“, stieß Florian hervor und stampfte mit dem rechten Fuß auf. „Ich will, dass wir alle zusammenbleiben!“ Hinter der Stirn des Fünfjährigen arbeitete es erkennbar. „Ich muss doch den Drachen noch fertig bauen. Und das geht nicht ohne Papa.“

„Vielleicht kann Tante Dagmar auch Drachen …“

Valerie konnte ihren Satz nicht zu Ende bringen, weil Florian sie barsch unterbrach: „Die Dagmar kann ich doch sowieso nicht leiden!“

Jetzt mischte sich noch Trotz in Florians Erregung.

„Und meine Tante ist sie auch nicht!“

„Aber sie ist meine beste Freundin“, wandte Valerie ein.

Florian änderte seine Strategie.

„Das ist aber blöd, wenn wir jetzt vom Papa weggehen. Jetzt, wo er so ein tolles Weihnachtsgeschenk für dich hat!“

„Halt bloß den Mund!“, warnte Anna ihren Bruder.

„Papa hat ein tolles Geschenk für mich?“ Valeries Puls beschleunigte sich, als sie das Silcherdenkmal auf der Plataneninsel passierten.

Anna stieß ihren Bruder an.

„Wir haben nicht die geringste Ahnung, was Papa dir zu Weihnachten schenkt“, erklärte sie im Brustton der Überzeugung.

Valeries Gedanken arbeiteten fieberhaft.

Wenn er sich nun doch wieder Gedanken darüber gemacht hat, womit er mir eine Freude bereiten kann? Und wenn mit seiner Geliebten doch tatsächlich Schluss ist?

„Anna!“

Valerie blieb auf Höhe des Hölderlinturmes stehen und ging in die Hocke, um ihrer Tochter direkt in die Augen sehen zu können.

„Du verstehst vielleicht nicht, warum. Aber ihr *müsst* mir jetzt sagen, was das für ein Geschenk ist! Ich muss es unbedingt wissen!"

Anna erschrak. So eindringlich hatte ihre Mutter noch nie etwas zu ihr gesagt.

„Papa hat's nicht gemerkt", begann die Neunjährige zögerlich zu beichten, „aber wir haben zugehört, als er mit einem Reisebüro telefoniert hat. Es ging um einen Flug nach Thailand. Und um eine Dreitagestour in den Regenwald. Mit Elefantenritt. Und Floßfahrt zu romantischen Buchten."

Intuitiv spürte Florian, dass Valerie zu schwanken begann. „Am Schluss", berichtete er deshalb mit Feuereifer, „hat Papa noch gefragt, ob sie die Tickets in besonders schönes Geschenkpapier einpacken können. Weil …", es war deutlich zu sehen, wie intensiv sein Kopf arbeitete, um die Sätze seines Vaters wörtlich wiedergeben zu können, „… es ist für die Frau, die ich liebe. *Das* hat er gesagt! Ich hab's genau gehört!"

Valerie zog Anna und Florian in ihre Arme.

Thailand! Johannes und ich fliegen nach Thailand. Etwas zusammen unternehmen.

Valeries Gedanken überschlugen sich.

Er hat sich wieder ein tolles Geschenk für mich ausgedacht. Wie früher! Die Kinder … kommen zu Dagmar. Und dann: up, up and away!

„Kommt, Kinder, los! Wir müssen uns beeilen. Papa ist bestimmt schon fertig mit dem Baum. Und … ihr sagt ihm bitte nichts von dem, was ich vorhin zu euch gesagt habe. Versprochen?"

Weder Anna noch Florian reagierten.

„Kann ich mich auf euch verlassen?"

Valerie blickte auffordernd in die Kindergesichter. Beide nickten und der Geheimbund war geschlossen.

Auf dem Weg zurück in den Tübinger Westen über die Neckarbrücke und durch die Altstadt konnten die Kinder kaum den schnellen Schritten ihrer Mutter folgen.

* * *

Die Kinder strahlten. Endlich stand der lang ersehnte Bagger vor Florian und Anna wollte ihre neue Playstation gar nicht mehr aus den Händen geben. Nur Valeries Gesicht wurde aschfahl, als sie das für ein paar Flugtickets viel zu große Paket öffnete und einen neuen Mostkrug aus Steingut herauszog. Den alten hatte Johannes erst vor wenigen Tagen selbst aus Unachtsamkeit auf die Kellertreppe fallen lassen. Und jetzt war ein neuer das Geschenk für Valerie!

Johannes fing den giftigen Blick seiner Frau auf. Er kannte diesen Blick und war sich sicher, dass nun unausweichlich eine lautstarke und endlose Auseinandersetzung folgen würde.

„So, jetzt gibt's erst einmal was zu essen!", versuchte er den Beginn des Streites zumindest hinauszuzögern. „Florian, Anna, ab ins Bad, Hände waschen! Ich habe einen Bärenhunger!"

Beide Kinder legten widerwillig ihre Geschenke beiseite und trollten sich in Richtung Badezimmer. Valerie wartete, bis Anna die Tür hinter sich geschlossen hatte.

„Das war unser letztes gemeinsames Weihnachten!", schleuderte sie Johannes mit bebender Stimme entgegen. Ohne ein weiteres Wort stürzte sie in die Küche und schlug die Tür hinter sich zu. Ihre Finger zitterten, als sie die Kurzwahltaste auf dem Handy drückte.

Nur eine Minute später stand sie wieder im Wohnzimmer. Sie schritt mit stierem Blick an ihrem Mann vorbei und holte den neuen Mostkrug unter dem Weihnachtsbaum hervor. Johannes saß in seinem Lieblingssessel, um die mutmaßlich letzten ruhigen Minuten vor der bevorstehenden Auseinandersetzung mit seiner Frau zu genießen. So bemerkte er nicht einmal, dass Valerie hinter ihn trat und zum tödlichen Schlag mit dem Mostkrug ausholte.

In der Küche hatte Valerie mit ihrer Freundin telefoniert. Gefragt, ob sie und die Kinder vorübergehend einziehen könnten. Dagmar hatte angefangen zu stottern: „Valerie, … ich fürchte … ich meine … das geht nicht. Ich meine, ich bin … gar nicht da. Ich fliege für zwei Wochen nach Thailand. Inklusive dreitägiger Dschungeltour mit Floßfahrt. Und mit Elefanten. Wir fliegen schon übermorgen. Aber … wenn ich sonst irgendetwas für dich tun kann. Selbstverständlich gerne. Jederzeit. Wozu hat man schließlich eine beste Freundin?“

HEIGER OSTERTAG

Fred Wellerts Weihnachtsfreude

„Sie wollen sich also von Ihrer Frau trennen, bevorzugen aber eine andere Lösung als die einer herkömmlichen Scheidung?“

Fred Wellert schaute sich im *Marmos* um, ob ihm wirklich niemand zuhörte. Doch die Kellnerin werkelte lautstark an der Kaffeemaschine, zudem war das Café um diese frühe Stunde noch leer. Wellert nickte. Sein Gesprächspartner namens „Müller“, ein untersetzter Mann mittleren Alters mit leichtem Bauchansatz, zückte einen Bleistift.

„Dann sollten Sie mir einige Fragen beantworteten, damit die von Ihnen erstrebte Lösung unauffällig und ohne Probleme vollzogen werden kann.“

„Ja, natürlich. Aber …“, Fred zögerte. „Was ist mit mir? Also, ich meine, keiner darf mich mit dem Geschehen in Verbindung bringen …“

„Das ist selbstverständlich ein Teil unserer Serviceleistung“, unterbrach ihn der andere. „Wir vereinbaren das Wann und Wo, und Sie sind an dem entsprechenden Termin weit weg und anderswo. Alles problemlos und ohne Gefahren.“

„Gut“, bestätigte Fred Wellert. „Das überzeugt mich. Was brauchen Sie für Informationen?“

„Nun, zunächst einmal sollten wir uns auf den Tag der Trennung einigen. Was halten Sie vom achten November?“

„Das ist ein schlechter Termin, am achten November ist Ellens Geburtstag und das möchte ich wirklich nicht …"

„Kein Problem. Da nehmen wir den fünfzehnten November. Nicht jeder, Herr Wellert, wenn ich das einmal so sagen darf, ist derart zartfühlend, in diesem Zusammenhang an den Geburtstag seiner Frau zu denken." Der Untersetzte notierte das Datum. „Jetzt wäre die Ortsfrage zu klären. Was halten Sie von einem netten Autounfall? Drüben auf der Sigmaringer Straße, vielleicht auf der Kreuzung mit der Plieninger Straße?"

Wellert überlegte einen Augenblick und schüttelte dann den Kopf. „Der Wagen ist fast neu. Ich würde ihn gern noch ein paar Jahre fahren. Ein Unfall direkt in Möhringen finde ich auch irgendwie unpassend."

„Schön, dann sagen wir, ein Überfall in einer einsamen Straße drüben im Hallschlag. Wir haben da einen Totschlägerspezialisten."

„Mit einem Totschläger auf Ellen? Nein, das möchte ich nicht. Das ist mir, wie soll ich sagen, zu brutal. Überhaupt, was soll Ellen auch im Hallschlag? In so ein Viertel gehen wir nie!"

„Kein Problem", meinte der Mann von der Serviceagentur. „Dann wählen wir eine unauffälligere Lösung."

„Und die wäre?", fragte Fred Wellert neugierig.

„Darüber kann ich Ihnen leider keine Auskunft geben. Ein Geschäftsgeheimnis, gerade in unserer Branche muss man in diesen Dingen sehr auf Diskretion achten."

„Ich verstehe", bestätigte Fred.

„Dann wären wir uns einig." Der Servicemann notierte etwas auf seinem Block. „Jetzt brauche ich noch einige ergänzende Angaben. Wo kauft Ihre Frau Kleidung ein?"

Fred Wellert dachte kurz nach. „Da gibt es eine Boutique in der Filderbahnstraße. *Mode Waisch* heißt der Laden, glaube ich."

„Ah, sehr gut, und die Schuhe? In welchem Laden kauft Ihre Frau Schuhe?"

„Bei *Schuh-Lamm*", kam die prompte Antwort. „Danach geht Ellen meist ins Café. Früher war es das *Mohrenköpfle*, doch das hat letztes Jahr zugemacht. Jetzt besucht Ellen das *Café Tsimpo* oder die *Konditorei Schrade*. Sie liebt Kuchen, vor allem Schokosahnecreme", ergänzte Wellert.

„Gratuliere, Herr Wellert. Kaum einer unserer Kunden kennt sich so gut mit den Gepflogenheiten seiner Ehefrau aus wie Sie, Herr Wellert."

Fred lächelte stolz.

„Haben Sie ein Bild Ihrer Frau?"

„Ein Bild möchte ich ungern aus der Hand geben …", meinte Fred gedehnt. „Wer weiß, wo dieses landet."

„Kein Problem, wir verstehen Ihr Sicherheitsbedürfnis. Dann beschreiben Sie mir einfach Ihre verehrte Frau Gemahlin", forderte der Agenturmann ihn auf. Fred Wellert beschrieb:

„Blond, rosiges Gesicht, Stupsnase, grüne Augen, füllige Gestalt. Neununddreißig Jahre alt …"

Am 17. November kam Fred Wellert von einer Geschäftsreise zurück. Als er den Schlüssel ins Schloss steckte, wurde ihm geöffnet – und in der Tür stand seine Frau Ellen.

„Fred, gut, dass du kommst. Rate mal, was Claudia Schreckliches passiert ist. Morgens war sie noch beim Friseur …" Sie stürzte weinend in seine Arme.

So rasch es ging, nahm Fred Wellert mit der Serviceagentur Kontakt auf.

„Ein Missverständnis, Herr Wellert", versicherte „Müller". „Wir bitten, unseren Irrtum zu entschuldigen. Das Opfer kam aus dem *Schuh-Lamm*, lief die Filderbahnstraße hinunter, besuchte *Mode-Waisch* und steuerte dann die *Konditorei Schrade* an. Dort bestellte die Person eine Schokocremetorte. Sie sehen, alles stimmte, auch das Aussehen: blond, rosiges Gesicht, Stupsnase, grüne Augen, füllige Gestalt."

Fred Wellert nickte verständnisvoll. Claudia, Ellens Freundin, hatte genau die gleichen Angewohnheiten. Und sie sah Ellen sehr ähnlich, bis auf die Haarfarbe. Pech für Claudia, dass sie sich am Morgen hatte blond färben lassen.

„Keine Sorge, Herr Wellert. Die Kosten für den Fehlservice stellen wir natürlich nicht in Rechnung", fuhr der Serviceagent fort. „Und wir lösen selbstverständlich Ihr Problem. Allerdings erlaube ich mir anzumerken, dass es eventuell sicherer wäre, wenn wir Ihre Frau in Ihrer Wohnung …"

„Das kommt überhaupt nicht infrage", widersprach Fred Wellert. „Ich habe keine Lust darauf, dass unser Parkett oder die Teppiche ruiniert werden. Und was sollen die Nachbarn sagen? Dazu der ganze Aufstand mit der Polizei. Nein, dann meinetwegen doch im Auto. Schweren Herzens. Es ist ein blauer Mercedes der E-Klasse. Kennzeichen: S – FW … Aber dem Wagen soll möglichst nichts passieren."

„Ist das Fahrzeug denn nicht vollkaskoversichert?", fragte „Müller".

„Nein, darauf habe ich bisher verzichtet. Unnötige Kosten, Sie verstehen?"

„Selbstverständlich, Herr Wellert. Aber vielleicht sollten Sie dieses eine Mal …"

Fred Wellert schloss die Augen und rechnete einen Augenblick stumm. „Sie haben mich überzeugt", meinte er schließlich. „Ab und zu muss man schon etwas investieren. Und es ist ja auch für eine gute Sache."

„Dann sind wir uns einig. Jetzt sollten wir nur noch das Datum besprechen."

Am 6. Dezember kehrte Fred Wellert von einer Geschäftsreise aus Berlin zurück. Es schneite kräftig und durch die Straßen stampften da und dort bärtige Nikoläuse. Als er den Schlüssel ins Türschloss steckte, öffnete ihm seine Frau Ellen. Sie fiel ihm um den Hals.

„Fred, gut, dass du endlich kommst. Etwas Schreckliches ist passiert! Anita hatte einen Unfall mit unserem Wagen. Totalschaden, das Auto ist völlig ausgebrannt. Wie sind wir denn versichert?"

„Vollkasko", murmelte Fred.

„Dann ist es ja gut", sagte seine Frau. „Anita wäre sicher froh gewesen, zu wissen, dass ihr Unfall für uns keine weiteren Folgen haben würde …"

Fred Wellert nahm unverzüglich mit der Serviceagentur Kontakt auf. Zwei Stunden später traf er den Servicemann im „The Dubliner", einem Irish Pub im SI-Centrum.

„Ein erneuter Irrtum, Herr Weller, wir sind untröstlich und bitten, unser Missgeschick zu entschuldigen. Das Opfer kam aus Ihrem Wohnhaus und stieg in Ihren blauen Mercedes. Das Kennzeichen stimmte, auch das Aussehen: Rosiges Gesicht, Stupsnase, grüne Augen, füllige Gestalt. Die Haare waren allerdings dunkelbraun. Unser Mann vor Ort dachte, diesmal sei Ihre Frau beim Friseur gewesen", entschuldigte sich der Serviceagent.

Es stimmte, Anita hatte Ellen, bis auf die Haarfarbe, ziemlich ähnlich gesehen. Das war Fred vorher nicht aufgefallen. Pech für Anita, dass sie sich ausgerechnet an diesem Tag ihren Mercedes hatte leihen müssen. Mochte ihre Asche sanft ruhen.

„Seien Sie ganz beruhigt, Herr Wellert", versicherte „Müller". „Kosten entstehen Ihnen nicht, selbstverständlich werden wir auch, wie vereinbart, Ihr spezielles Problem lösen. Vielleicht sollten wir aber doch die Angelegenheit in Ihrer Wohnung klären. Wir würden auch auf das Parkett und die Teppiche besonders achten."

„Und der ganze Ärger mit der Polizei? Nein, nicht in der Wohnung. Besser, Sie nutzen zur Klärung den Keller. Der müsste sowieso bei Gelegenheit entrümpelt werden. Ich werde Ellen darauf hinweisen und mit ihr einen Termin festlegen. Am besten wäre es, wir erledigen das Ganze vor Weihnachten, wir pflegen ohnehin vor den Feiertagen das Haus aufzuräumen."

„Eine hervorragende Idee, Herr Wellert", bestätigte der Servicemann eilig. „Wenn Sie mir noch genau beschreiben könnten, wo genau der Keller Ihres Haus liegt, damit wir ohne neuen Irrtum aktiv werden können. Ich bin sicher, dieses Mal werden wir das Problem rasch und unbürokratisch lösen können. Vielleicht sind Sie etwas länger fort, nur so zur Sicherheit."

Nach einem kurzen Aufenthalt zu Hause und einem Gespräch mit Ellen, die sich für die Kellerfrage erstaunlich aufgeschlossen zeigte, flog Fred „geschäftlich" nach Japan und von dort in die USA. Ellen nutzte die Zeit, um für einige Tage ihre Schwester auf der Schwäbischen Alb zu besuchen. Nach dem Besuch bei Birgit und ihrer Familie würde sie mit der Entrümpelung des Kellers und dem Aufräumen des Hauses beginnen. Alles sollte fertig und weihnachtlich geschmückt sein, wenn ihr Gatte von seiner Geschäftsreise nach Hause zurückkehrte. Eine hübsche, grün-rote Krawatte als passendes Weihnachtsgeschenk für Fred hatte sie auch schon gefunden.

Nach zwei Wochen landete Wellert wieder in Stuttgart und ließ sich mit dem Taxi vom Flughafen nach Hause bringen. Es war Abend, festliche Lichter glänzten an den Häusern. Die Temperatur war auf minus ein Grad gesunken und leise rieselte der Schnee. Fred fühlte, wie sein Herz warm wurde und ihn fröhliche Weihnachtsstimmung erfüllte. Er freute sich auf die heimische Bescherung! Mit einem Lied auf den Lippen schloss er beschwingt die Haustür seines Hauses auf. Natürlich hätte Fred noch ein oder zwei Tage länger fortbleiben können, aber, nachdem es drei Anläufe zur Problemlösung gebraucht hatte, war er es als guter Gatte seiner Frau zumindest schuldig, dass er ihren Leichnam als Erster entdeckte. Eine Sache der Pietät, fand Fred Wellert. Er stellte seinen Koffer im Flur ab und stieg in freudiger Erwartung in den Kellerbereich hinunter. Unten wandte Fred sich nach links und betätigte den Lichtschalter. Nichts geschah, merkwürdig.

„Es ist mir unbegreiflich, was Fred im Keller wollte. Wo er doch gerade erst von seiner Reise zurückkam. Einmal rund um die Welt und dann stürzt er die Treppe hinunter und bricht sich das Genick. Ob das wohl am Licht lag? Die Glühbirne war durchgebrannt. Sein Koffer stand jedenfalls noch oben im Flur. Was für ein dummes Ende", klagte Ellen Wellert. „Sein Geschenk habe ich auch ganz umsonst gekauft!"

„Du Ärmste bist in letzter Zeit wirklich vom Pech verfolgt", meinte ihre Schwester Birgit und legte ihre Arme tröstend um sie. „Erst stirbt Claudia, dann kommt Anita um und jetzt stürzt Fred zu Tode. Und das vier Tage vor Weihnachten; wirklich störend! Warum er wohl einen Tag früher aus den USA nach Hause gekommen ist?"

„Das werden wir nie erfahren", schluchzte Ellen. „Ach, Fred, ich werde dich vermissen!"

VEIT MÜLLER

Peckhardts Weihnachten

„Das gibt's doch nicht."

Wütend knallte Peckhardt die Zeitung auf den Tisch. Er sprang auf, ging zum Fenster und schaute besorgt in den Winterhimmel.

Gestern hatte die Sonne noch für milde Temperaturen gesorgt. Jetzt lagen dunkle Wolken über Tübingen und kündigten den ersten Schnee an.

Von der Straße her drang Lärm zu ihm herauf. Peckhardts Blick ging zu den Menschen, die Richtung Marktplatz eilten. Sie alle wollten zum Weihnachtsmarkt.

Es war jedes Jahr das Gleiche. Ein Wochenende Weihnachtsmarkt und die Leute drehten durch. Aus der ganzen Umgebung strömten sie nach Tübingen. Warum dieser Auftrieb jedes Jahr aufs Neue geschah, konnte Peckhardt nicht verstehen. Die Menschen schoben sich durch die Fußgängerzone, drängten sich im Rudel an den Ständen um Dinge, die letztlich doch meist als Staubfänger in irgendeinem Regal landeten. Und umtauschen konnte man den ganzen Krimskrams ja auch nicht. Aber vielleicht kamen die Leute auch nur wegen der Feuerzangenbowle oder wegen des Glühweins, um sich Weihnachten schönzutrinken.

Peckhardt hasste den Weihnachtsmarkt. Dann war Tübingen nicht mehr seine Stadt. Zu viel Trubel, zu viel Lärm, zu viele Menschen.

Peckhardt hasste Weihnachten. Dieser Konsumwahn ging ihm auf die Nerven. Die Läden waren voll. Die Menschen hetzten von Geschäft zu Geschäft und wühlten in den Weihnachtsangeboten herum. Und nirgendwo konnte man den Weihnachtsliedern entfliehen, die die Kunden zum Kaufen animieren sollten.

„Last Christmas, I gave you my heart ...", ging es Peckhardt durch den Kopf. Diese Lieder setzten sich in allen Gehirnwindungen fest, ob man es wollte oder nicht. Er drehte sich angewidert ab, ging in die Mitte des Zimmers.

Peckhardt hatte niemanden, für den er Geschenke besorgen musste. Nicht mehr. Peckhardt war alleine.

Als er am Tisch vorbeikam, fiel sein Blick wieder auf die Zeitung. Erneut stieg Wut in ihm auf. Konnten diese Idioten denn nicht aufpassen? Eine geschlossene Anstalt sollte doch auch geschlossen sein, und nicht so offen, dass sich jeder absetzen konnte, wann immer er wollte.

Die Zeitung hatte keinen Namen genannt. Aber es passte alles zusammen: die Anstalt, die Beschreibung des Geflohenen. Peckhardt war sich sicher – es konnte sich nur um seinen Kumpel Marco Jaschke handeln. Er hatte sich aus dem Staub gemacht, ausgerechnet er.

Würde Marco nach Tübingen kommen? Sicher würde er das.

Peckhardts Wut ging in Angst über. Wie würde Marco reagieren, wenn er erfuhr ... Peckhardt dachte den Satz nicht zu Ende, er schüttelte den Kopf. Marco wusste sicher schon alles. Würde er mit ihm darüber reden können?

Peckhardt griff nach seiner Tasse und trank den restlichen Tee im Stehen in einem Zug aus.

Sollte er zu Hause warten, bis sich Marco meldete? Würde er anrufen oder gleich vor der Tür stehen?

Plötzlich wurde Peckhardt klar: Wenn etwas in der Zeitung stand, dann war es ja mindestens einen Tag alt. Er las noch einmal die Meldung, die nicht groß, aber so platziert war, dass sie jeder Leser sofort sehen musste.

Er las Wort für Wort. Freitag war Marco geflohen, und heute war Samstag. Gut, es dauerte einige Stunden, um von der Anstalt bis nach Tübingen zu kommen, und Marco bewegte sich sicher vorsichtig vorwärts, damit sie ihn nicht gleich wieder schnappten. Aber er konnte durchaus schon in der Stadt sein. Schon seit Stunden.

Peckhardt ging wieder zum Fenster. Er betrachtete die Menschen vor seinem Haus etwas genauer. Wartete Marco schon da draußen auf ihn?

Viele Gesichter passierten sein Blickfeld, aber keines kam ihm bekannt vor.

Peckhardts Unsicherheit wuchs. Er fühlte sich in seiner Wohnung wie in einem Käfig. Er wollte nicht hierbleiben und warten, bis Marco auftauchte. Aber was konnte er tun? Er konnte versuchen, Janina zu erreichen. Sie fragen, ob sich Marco schon bei ihr gemeldet hatte. Doch wo lebte Janina jetzt? Seit zwei Jahren hatte er nichts mehr von ihr gehört, was kein Wunder war. So, wie sie auseinandergegangen waren, im Streit um das Geld. Sie hatte ihm nicht geglaubt, und er ihr nicht vertraut.

Vielleicht war Marco gleich zu Janina gefahren, vielleicht hatten sie sich nun verbündet, um ihn gemeinsam aufzusuchen. Oder um ihn fertigzumachen?

Nein, das traute er Janina nicht zu. Sie hatten sich gut verstanden, vielleicht auch geliebt. Vor dem großen Streit.

Peckhardt bildete sich ein, dass er in seinen vier Wänden nicht mehr genug Luft bekam. Er musste raus hier, raus aus seiner Wohnung, raus aus diesem Käfig.

Peckhardt holte seine dicke Winterjacke aus dem Schrank, zog sie an und eilte zur Haustür.

Draußen auf der Straße schaute er sich nach allen Seiten um. Es war niemand zu sehen, der ihm auffällig erschien. Viele Menschen zogen an ihm vorüber, niemand schien Notiz von ihm zu nehmen, bis auf eine eigenartige Figur in einem Weihnachtsmannkostüm, die sich auf der anderen Straßenseite an die Hauswand lehnte. Der Mann beobachtete ihn.

War es Marco, der unter der Maske des Weihnachtsmannes steckte? Nein, so albern war Marco nicht. Er würde ihm sicher von Angesicht zu Angesicht gegenübertreten. Ohne Maske, ohne Verkleidung.

Die ersten Schneeflocken fielen.

Peckhardt wollte nicht zum Weihnachtsmarkt, doch die Masse zog ihn in diese Richtung. Er lief die Haaggasse entlang. Schon aus einiger Entfernung hörte er das Treiben auf dem Marktplatz. Mit seinen alten Fachwerkhäusern und dem prächtigen Rathaus gab er die richtige Kulisse für einen Weihnachtsmarkt ab. Er war sicher auch wieder voller Stände, die wie jedes Jahr von Menschenmassen umlagert waren.

Musik drang an Peckhardts Ohr. Er erkannte ein Weihnachtslied: „Stille Nacht …" Warum jetzt schon dieses Lied? Es war noch nicht so weit. Die stille, die heilige Nacht lag noch einige Tage, oder besser Nächte, entfernt. Und still würde diese Nacht heute sicher nicht werden.

Zwei Kinder standen am oberen Ende des Marktplatzes und spielten das Lied auf einer Blockflöte und einer Gitarre. Einige Menschen blieben kurz stehen, hörten der Musik ein paar Takte lang zu und warfen dann Münzen in eine kleine Dose, die vor den Kindern stand.

Peckhardt hastete an ihnen vorüber und drängte sich durch die Menschenmenge. Er kam nur langsam voran.

An einem Stand, der wie eine Holzhütte aussah und mit Tannenzweigen behängt war, rempelte ihn jemand an. Peckhardt drehte sich um. Vor ihm stand ein breitschultriger Mann mit einer Glühweintasse in der Hand.

„Entschuldigung", lallte der Mann, der deutlich alkoholisiert war.

„Pass doch auf", murmelte Peckhardt vor sich hin.

Die rote Brühe in der Tasse schwappte über den Rand und ergoss sich auf das Kopfsteinpflaster. Peckhardt konnte gerade noch rechtzeitig ausweichen, um Flecken auf seiner Jacke zu vermeiden.

Er sah den Mann böse an.

Wieder hörte er nur ein genuscheltes „'tschuldigung" und etwas, das wie „Frohe Weihnachten" klang.

Peckhardt ließ den Mann einfach stehen und drückte sich weiter durch die Masse.

Im nächsten Augenblick spürte er ein Vibrieren in seiner Jackentasche. Er zog sein Handy hervor und schaute aufs Display. Die Nummer, die er sah, kannte er nicht.

Peckhardt drückte auf das Hörersymbol.

„Hallo."

Es meldete sich niemand. Aber Peckhardt konnte hören, dass die Verbindung noch gehalten wurde.

„Wer ist da?"

Keine Antwort.

„Idiot." Peckhardt beendete das Gespräch. War das eben Marco gewesen? Er sah sich um. Zwei Leute in seiner Umgebung hielten jeweils ein Handy ans Ohr. Allerdings waren es Jugendliche.

Peckhardt wurde unsicher. Vielleicht war es doch keine gute Idee gewesen, auf den Weihnachtsmarkt zu gehen. Hier verlor er den Überblick. Hier konnte Marco ihn überraschen. Aber er würde ihm sicher nichts tun, denn er wollte ja etwas von ihm.

Peckhardt ging weiter. Am anderen Ende des Marktplatzes traf er wieder auf den Weihnachtsmann. War es derselbe, den er vor ein paar Minuten vor seinem Haus gesehen hatte? Oder trieben sich heute mehrere als Weihnachtsmann verkleidete Menschen in der Stadt herum? Er ließ die rote Figur nicht aus den Augen. Der Mann schien ihn nicht zu beachten. Als er an ihm vorbei war, nahm er eine Bewegung wahr. Der Weihnachtsmann zog etwas aus der Tasche. Peckhardt konnte allerdings nicht sehen, was es war, weil er von einer Menschentraube weitergeschoben wurde.

Ein paar Meter weiter fühlte er erneut das Vibrieren seines Handys.

„Was ist?“, brüllte er in den Hörer.

Es knackte kurz am anderen Ende der Leitung, dann hörte er viele Geräusche und schließlich eine Stimme, die er sofort erkannte, auch wenn er sie schon lange nicht mehr gehört hatte.

„Ich bin ganz in deiner Nähe“, sagte die Stimme. Es war Marco Jaschke.

„Wo bist du?“

„Vor dir, hinter dir, überall.“

Dann war die Leitung tot.

„Komm her, du Idiot.“ Peckhardt drehte sich sofort um und hetzte zurück. Jaschke musste in dem Weihnachtsmannkostüm stecken. Als er die Stelle erreicht hatte, wo er ihn zuletzt gesehen hatte, war von dem roten Mann weit und breit nichts mehr zu sehen.

Peckhardt überlegte, was er nun tun sollte. Gab die Menschenmenge ihm Sicherheit? Sollte er hier im Trubel des Weihnachtsmarktes bleiben oder sich in eine Seitengasse verdrücken?

Sicher beobachtete Marco ihn jetzt.

Peckhardt stellte sich vor die Auslage eines Brillengeschäftes, das auch weihnachtlich dekoriert war. Er sah sich allerdings nicht die Designer-Modelle eines bekannten Herstellers an, die sündhaft teuer waren, sondern blickte abwartend zur Seite. Würde sich Marco von hinten an ihn heranschleichen?

Peckhardt drehte sich abrupt um. Eine ältere Frau, die mit zwei Geschenktüten in der Hand gerade an ihm vorbeiging, erschrak.

„Na, na, na, junger Mann“, herrschte sie ihn an.

Peckhardt beachtete sie nicht weiter. Ihn interessierten mehr die anderen, die um ihn herumstanden. Marco war nicht unter ihnen.

Der Schneefall wurde stärker. Dicke Flocken schwebten vom Himmel. Sie machten den Weihnachtsmarkt noch romantischer.

Aber nicht für Peckhardt. Wenn er je einen Funken an Besinnlichkeit besessen hatte, jetzt war er definitiv erloschen.

Peckhardt fing an zu schwitzen, obwohl es inzwischen merklich kälter geworden war. Er versuchte, ruhig zu atmen, klar zu denken. Wo sollte er jetzt hin? Nach Hause? Nein. Marco würde ihn sicher verfolgen. Er musste jetzt etwas Überraschendes tun, um ihn abzuschütteln, um mehr Zeit für eine Reaktion zu haben.

Peckhardt rannte los, mitten in die Menschenmenge hinein. Er schob sich an den Passanten vorbei, rempelte einige von ihnen an. Aber er kam so schnell vorwärts, dass er ihre Flüche in dem Trubel nicht mehr wahrnahm. Außerdem interessierten sie ihn nicht.

Wenige Minuten später erreichte er den Platz vor der Stiftskirche.

Peckhardt drehte sich nach allen Seiten um. Hier war die Menschenmasse noch dichter. Er schaute in lachende Glühwein-Gesichter. Einige der Menschen hielten fettige Würste in den Händen, die sie immer wieder in den Klacks Senf auf ihrem Pappteller tunkten. Andere zeigten ihren Freunden die Errungenschaften, die sie an einem der Stände gekauft hatten.

Peckhardt gelang es nicht, stillzustehen, er wurde von der Menge einfach weitergeschoben. Irgendwo hier musste Marco sein. Jeden Augenblick konnte er vor ihm stehen. Peckhardt drehte und drehte sich in alle Richtungen, bis ihm fast schwindlig wurde. Er fühlte den Schweiß unter seinen Achseln, die Enge nahm ihm die Luft. Ihm wurde übel.

Neben dem Schaufenster einer Buchhandlung stützte er sich an der Wand ab und atmete tief durch. Er schaute sich kurz die Auslage an. Er sah nur lauter Kochbücher für Weihnachtsgebäck.

Er drückte sich in eine Seitengasse. Er war nur wenige Meter von den Ständen des Weihnachtmarktes entfernt, aber er wurde sofort ruhiger. Der Trubel ließ nach. Hier sah er nur Menschen, die mit erwartungsfrohem Gesicht zu den Ständen eilten oder die schon genug hatten und bereits auf dem Heimweg waren.

Peckhardt musste aufpassen. Der Schnee hatte das Pflaster mit einer schmierigen Auflage versehen. Er rutschte vorsichtig die Straße entlang.

„Zecke!“

Peckhardt erstarrte. Die schneidende Stimme hinter ihm musste von Marco stammen. Nur er hatte ihn früher „Zecke“ genannt, weil Peckhardt sich immer so in seine Aufgaben, auch in seine Gegner, verbiss und sie nicht mehr losließ.

Einen Augenblick nahm Peckhardt nichts mehr wahr, nicht den Lärm, der vom Weihnachtsmarkt herüberwehte, nicht die Schritte der Menschen, die an ihm vorüberhetzten.

„Was willst du?“ Peckhardt drehte sich nicht um.

„Das weißt du doch. Ich will jetzt meinen Anteil“, sagte die Stimme hinter ihm.

„Ich habe nichts bei mir.“

„Witzbold. Klar hast du nichts bei dir.“

„Ich kann es nicht so einfach holen. Das braucht Zeit. Ich habe es gut verstaut. Komm morgen wieder."

„Nein, Zecke. Jetzt. Sofort. Sie sind hinter mir her. Ich muss weg."

Jaschke stand jetzt direkt hinter Peckhardt.

„Es geht nicht. Nicht sofort. Wir treffen uns in einer Stunde, wieder hier."

„Du spinnst. Du glaubst doch nicht, dass ich dich jetzt, wo ich dich gefunden habe, aus den Augen lasse. Ich gehe mit dir."

Plötzlich schoss es Peckhardt durch den Kopf: Er musste Aufmerksamkeit erregen, er musste dafür sorgen, dass die Polizei kam. Marco wurde gesucht. Die Polizei würde ihn sofort verhaften, ihn mitnehmen und einsperren. Nach seiner Flucht aus der Anstalt würde Marco sicher für immer hinter Gittern verschwinden, und er, Peckhardt, hätte das Geld, zumindest das, was davon noch übrig war, für sich ganz alleine."

Peckhardt schaute sich um. Wie konnte er die Bullen holen, ohne dass Marco Verdacht schöpfte? Und wie konnte er es schaffen, dass sich die Polizei nicht auch noch für ihn interessierte? Doch er kam in seinen Überlegungen nicht weit. Er spürte plötzlich einen Schlag im Rücken. Peckhardt stolperte nach vorne, sodass der zweite Schlag nicht die gleiche Kraft auf ihn ausübte. Er drehte sich um und schubste seinen Kontrahenten von sich weg. Marco geriet auf dem rutschigen Untergrund kurz ins Straucheln. Dies gab Peckhardt genug Zeit, das Weite zu suchen. Er lief los und war in Sekunden um die nächste Ecke verschwunden.

Peckhardt war im Vorteil. Er kannte sich in Tübingen besser aus als Marco. Er rannte durch die Gassen der Altstadt.

Nach ein paar hundert Metern brannte sein Atem auf der Lunge. Er war nicht mehr in Form.

Peckhardt hielt kurz an und schnappte nach Luft. Er spürte die Schneeflocken in seinem Gesicht.

Die Gasse wirkte verlassen. Auf dem Weihnachtsmarkt zwischen Marktplatz, Stiftskirche und bis hinunter zur Neckarbrücke, da schoben sich die Menschenmassen durch die Altstadt. Hier, nur wenige Gassen weiter, wo es keine Stände gab, war jetzt niemand mehr unterwegs.

Peckhardt lauschte in die Dunkelheit. Er hörte keine Schritte, er musste Marco abgehängt haben. Peckhardt überlegte. Nach Hause konnte er nicht. Das war sicher der erste Platz, wo ihn Marco suchen würde. Er konnte die Polizei rufen. Aber welche Fragen würden sie ihm stellen? Sicher zuerst die Frage, warum er Marco überhaupt kannte. Die Bullen wussten doch noch nichts von ihm. Marco hatte immer die Klappe gehalten, bei der Polizei, vor Gericht, wohl auch in der Anstalt. Er wollte seinen Teil von den zwei Millionen. Hätte Marco ihn verpfiffen, wäre das ganze Geld weggewesen. Das wusste Marco.

Sie hatten schon vorher ausgemacht: Wenn einer geschnappt wird, schweigt der andere, bis er wieder rauskommt. Dann wird geteilt. Auf den Bermudas oder in Südamerika, irgendwo weit weg von Deutschland.

Jetzt war Marco draußen, jetzt wollte er seinen Anteil. Aber Peckhardt wollte nicht mehr teilen. Er hatte immer gut gelebt, in Freiheit. Vor allem mit Janina. Er hatte viel Geld ausgegeben, zu viel. Und wenn er jetzt Marco etwas abgab, blieb ihm zu wenig übrig.

Peckhardt hörte am Ende der Gasse plötzlich Stimmen. Er musste weiter. Ihm würde sicher noch eine Lösung einfallen. Doch sie musste schnell kommen.

Er bog um die nächste Ecke. Es war eine noch schmalere Gasse, die Richtung Schlossberg führte. Es war dunkel, das Licht der Straßenlaterne war ausgefallen.

Kein Mensch war hier. Kein Mensch?

Eine dunkle Gestalt tauchte vor ihm auf.

„Wo willst du denn hin?“ Marco baute sich bedrohlich vor Peckhardt auf.

„Nirgendwohin.“

Peckhardt drehte sich sofort um und versuchte, der engen Gasse zu entfliehen.

Doch vor ihm stand plötzlich eine zweite Gestalt. Der Weihnachtsmann.

„Ich wusste es“, murmelte Peckhardt, der nun wieder völlig zum Stillstand gekommen war.

„Bleib da“, sagte der Weihnachtsmann. Aber es war kein Mann, es war eine Frau. Es war Janina. Peckhardt erkannte sie sofort an ihrer hellen Stimme.

„Was wollt ihr von mir?“

„Das weißt du doch. Wo ist das Geld?“, fragte Jaschke, der Peckhardt von hinten mit beiden Armen umklammerte. Janina stand nun unmittelbar vor ihm.

„Es ist weg“, log Peckhardt.

„Was? Das ist nicht wahr, Zecke!“, brüllte ihm Jaschke ins Ohr.

„Doch, glaub mir. Es ist nichts mehr da. Jemand muss zufällig das Versteck entdeckt haben.“

„Du lügst.“ Jaschke verstärkte seinen Druck. Peckhardt blieb langsam die Luft weg.

„Lass mich los. Wer hatte denn die Idee mit der Entführung? Wer hatte vorher alles ausgekundschaftet? Wer hat das Geld abgeholt und dabei das ganze Risiko getragen? Ich war das. Mir steht das meiste Geld zu. Du hast doch nur deine Hütte zur Verfügung gestellt. Und Essen geholt. Was kann ich dafür, dass du deine Fingerabdrücke überall hinterlässt und dich dann schnappen lässt?“

„Wo ist das Geld?“

Janina drückte ihm einen Gegenstand auf die Brust. Wahrscheinlich war es ein Messer, dachte Peckhardt. Er konnte es aber nicht sehen, weil Marco seine Arme im Blickfeld hatte.

Peckhardt hatte Todesangst.

„Wartet, lasst mich überlegen."

Für einen Augenblick war es völlig still.

„Gut, gut, ich zeige euch das Geld. Zumindest, was noch davon übrig ist." Peckhardt sank langsam auf die Knie. Er konnte nicht mehr. Die Luft blieb ihm weg.

Als er wieder hochsah, blickte er in mehr Augenpaare, als er erwartet hatte. Peckhardt war umringt von mehreren Männern, die ihn mit Pistolen in Schach hielten.

„Schön, dass Sie ein Geständnis abgelegt haben, Herr Peckhardt. Wir interessieren uns übrigens auch für das Geld. Sie sind verhaftet." Der Polizeibeamte sagte noch irgendetwas von „Aussage verweigern" und „Anwalt". Aber es interessierte Peckhardt nicht mehr. Er fühlte sich völlig kraftlos.

Marco und Janina hatten ihn hereingelegt, hatten ihn an die Polizei verraten.

Peckhardt hatte verloren.

Dicke Schneeflocken fielen ihm aufs Gesicht und schmolzen auf seiner Haut. Hände rissen ihn hoch und legten ihm Handschellen an.

In der Ferne hörte Peckhardt den Lärm des Weihnachtsmarktes. Er konnte sogar einzelne Stimmen unterscheiden, die wie aus einer anderen Welt zu ihm herüberdrangen.

BETTINA HELLWIG

Weggewichtelt

„Du hast meine Milch vergessen", sagte er, als ich die beiden Stufen von der Küchentür zur Terrasse hinunterging, und versperrte mir den Weg.

Der Dezembernebel umhüllte die Bäume und Büsche im Garten mit einem sanften Grau. Heute war er auch am Mittag noch so dicht, dass ich die Wasserfläche des Bodensees kaum erkennen konnte, geschweige denn die dahinterliegende Alpenkette. Er schien sogar die Schreie der Möwen zu dämpfen. Aus dem Winterhimmel lösten sich ein paar Schneeflöckchen. Fröstelnd zog ich die Schultern hoch und sog die kalte Luft ein. Selbst für den üblichen modrigen Geruch nach Seeufer war es heute zu kalt. Ich stellte das braune Eimerchen mit den kompostierbaren Abfällen in den Schnee und sah Heidenei an.

Ich bin 83, und dieses Alter hat neben zahlreichen körperlichen Nachteilen den Vorteil, dass man sich einige Absonderlichkeiten leisten kann. Eine davon ist mein persönlicher Kobold, der mich durchs Leben geleitet und den außer mir niemand sehen kann. Er gehört zur Familie der schwäbischen Erdwichtel und nennt sich selbst „Heidenei", vermutlich weil manche seiner Aktionen vonseiten der Menschen mit dem Ausruf „heidenei" kommentiert werden. Heidenei ist etwas kleiner als ich, so einen Meter und 50, und hat schwarzbraunes, lockiges Haar, das von silbrigen Strähnen durchzogen ist.

An diesem Adventssonntag trug er den braunen Pullover mit dem bunten Norwegermuster, den ich ihm gestrickt hatte, allerdings wohl mehr mir zu Gefallen als wegen der Kälte, denn Wichtel wie er sind Geistwesen und frieren eigentlich nicht. Erdwichtel erhalten in vielen schwäbischen Regionen Opfergaben, zum Beispiel Weihnachtsgebäck. Andere Menschen schenken ihnen als Dank für ihre Hilfe Kleidung, ein Obergewand oder auch „Häs", wie es im Alemannischen heißt. Heidenei hatte im Laufe der Jahrhunderte eine seltsame Mischung solcher Kleidungsstücke angesammelt. Seine verwaschene, viel zu weite, rote Samthose, die er mit einem dicken Strick in der Hüfte zusammenband, hatte er vor 200 Jahren von einem Adeligen auf Schloss Montfort erhalten.

Über seine Knubbelnase hinweg sahen mich leuchtend blaue Augen an.

„Meine Milch", insistierte er, „die steht mir zu. Schließlich ist bald Weihnachten."

Als Geistwesen muss er sich natürlich nicht ernähren. Die Energie aus der menschlichen Nahrung benötigen er und seine Artgenossen, um sich in unserer Welt materialisieren zu können, was oft segensreiche, manchmal aber auch nachteilige Effekte für uns Menschen hat.

Ungeduldig hüpfte Heidenei mit bloßen Füßen im Schnee auf und ab. Ich fand, dass er für eine Erscheinung, die durch einen Riss im Raum-Zeit-Kontinuum zustande kommt, ziemlich viele Geräusche machte.

Geistererscheinungen sind ein Phänomen, für das es zahlreiche Erklärungsversuche gibt. So lassen sich mit mathematischen Formeln mehrdimensionale Räume berechnen, die weit über unsere dreidimensionale Vorstellungskraft hinausgehen. Aber auch exakte Berechnungen können nicht darüber hinwegtäuschen, dass sie lediglich dazu dienen sollen, etwas zu verstehen, was der menschliche Geist nicht erfassen kann.

Ich bin sicher, dass es Parallelwelten gibt, von denen wir gelegentlich einen winzigen Ausschnitt zu sehen bekommen. Besonders häufig passiert dies in der Gegend rund um den Bodensee, die schon seit Jahrtausenden von Menschen besiedelt wird. Vor allem in den Raunächten im Dezember und Januar scheinen sich die Welten zu berühren, sodass Elfen, Kobolde und andere Geister sich materialisieren können. Aus diesen Begegnungen sind Sagen von Schneeschrecken, Riedhexen und dem Konstanzer Seegeist Kunibert entstanden. In der modernen Zeit erklären sich die Menschen diese Phänomene anders, beispielweise mit dem Erscheinen von Außerirdischen oder Ufos, so, wie es immer wieder in Langenargen geschieht.

Auch der Tod eines Menschen kann die Tür zur Welt der Geistwesen für einen Moment einen Spalt weit öffnen. Dann dringt die Seele mit all ihren Erfahrungen in eine andere Dimension jenseits von Raum und Zeit vor, in der sie ewig existiert.

Das erste Mal bekam ich Heidenei zu Gesicht, als mein Bruder Karl im Russlandfeldzug fiel. Damals erwachte ich morgens um fünf von einem lauten Knall, wie ein Pistolenschuss, gefolgt von einer lähmenden Stille. Als ich die Augen öffnete, sah ich den Kobold am Fußende des Bettes stehen. Er schüttelte betrübt den Kopf und löste sich dann auf wie eine Nebelschwade im Morgenlicht.

Der Tod meines Bruders führte dazu, dass ich an seiner Stelle nach dem Krieg und einem Pharmaziestudium die Schloss-Apotheke in Langenargen übernehmen konnte. Die Apotheke befand sich seit vier Generationen im Besitz unserer Familie, und ich war die erste Frau, die eine Leitungsfunktion innehatte. Deshalb war mein Vater erleichtert, als der Apothekenassistent Frieder auftauchte und männliche Unterstützung anbot.

Zu einer anderen Zeit hätte ich Frieder wahrscheinlich nicht geheiratet. Eine große Auswahl hatte ich damals jedoch nicht, denn wie mein Bruder waren viel zu viele junge Männer im

Krieg gefallen. Ich war ziemlich hübsch, und meine Eltern hatten mir den vielversprechenden Namen Philomena gegeben, die Vielgeliebte. Frieder war zehn Jahre älter als ich. Aber er hatte gleichmäßige, weiße Zähne und ein hinreißendes Lächeln, mit dem er nicht nur meinen Vater und mich, sondern auch zahlreiche andere Frauen bezauberte.

Frieder und ich genossen die Erträge aus unserer Arbeit in der Apotheke und das Leben in unserem Haus am See, das uns mein Vater nach dem Krieg gekauft hatte. Wir führten eine alles in allem gute Ehe, die kinderlos blieb, und wurden gemeinsam älter. Ich hielt mich gut, achtete auf meine Figur und färbte mir die Haare.

Dennoch konnte ich nicht verhindern, dass Frieder seine Anziehungskraft auf die Damenwelt trotz seines steigenden Alters großzügig ausnutzte. Das Alter seiner Geliebten blieb auf seltsame Weise konstant bei rund 30 Jahren. Als ich selbst 40 Jahre alt wurde, konnte ich über seine zweideutigen Scherze immer weniger lachen. Und noch etwas störte mich ungemein: Frieder brachte meinem Vater gegenüber immer wieder die Sprache auf seine ungesicherte Position als Schwiegersohn und brachte ihn dazu, ihm einen Teil seines Vermögens und der Apotheke zu überschreiben.

Und so erschien mir Heidenei auch in der Nacht, in der Frieder ums Leben kam. Er war noch in der Apotheke und machte die Buchhaltung, weil er am Abend ungestört arbeiten konnte, wie er immer behauptete. Ich lag schon im Bett und las einen Krimi.

„Das war keine Absicht, das wollte ich nicht!“, kreischte Heidenei. „Ich konnte doch nicht wissen, dass er nachher noch Auto fahren will.“

„Was wolltest du nicht?“, fragte ich und legte den Krimi zur Seite.

„Diese … diese komischen Tropfen“, stammelte er, „Dia-pezam oder so.“

Ich erinnerte mich. Natürlich, die Tropfen. Frieder hatte immer eine Flasche Kräuterlikör im Nachtdienstzimmer, den er selbst herstellte. Dazu übergoss er eine spezielle Kräutermischung mit Alkohol und ließ den intensiv duftenden Ansatz tagelang im Apothekenlabor ziehen. Vorige Woche rührte ich hier eine Salbe an. Als ich eine Zutat aus der Offizin holen wollte, bemerkte ich Frieder, der eine junge und attraktive Kundin für meinen Geschmack viel zu zuvorkommend bediente. Ich meine sogar, gesehen zu haben, wie er ihr zur Verabschiedung zuzwinkerte.

Als ich wieder im Labor stand, hatte ich wie durch Magie auf einmal dieses Fläschchen mit Diazepam in der Hand. An meinem Ohr ertönte Heideneis schrilles Wispern:

„Geschieht ihm ganz recht, so wird er schlafen und nicht …“ Hier nannte er ein ordinäres Wort für Beischlaf, das eigentlich nicht zu meinem offiziellen Wortschatz gehört.

Diazepam, besser bekannt als Valium, würde die Alkoholwirkung so verstärken, dass er nichts mehr zustande bringen und einschlafen würde. Auf diese Weise würde ihm und vor allem seiner Affäre eindrücklich vor Augen geführt, dass ein Mann mit Mitte 50 geruhsamen Schlaf dringender benötigte als außerehelichen Sex.

Dass er sie anschließend noch nach Hause fahren würde, konnte ich nicht ahnen, und auch nicht, dass er dabei vom Weg abkommen würde. Wir schrieben das Jahr 1976, die Gurtpflicht wurde oft noch nicht ernst genommen, und Airbags waren noch längst nicht serienreif.

Bevor ich damals die Diskussion mit meinem Wichtel vertiefen konnte, klingelte es an der Tür. Ich zog mir einen Morgenmantel über und öffnete. Zwei Polizeibeamte setzten mich davon in Kenntnis, dass Frieder mit seinem Wagen auf der Straße von Langenargen nach Kressbronn gegen einen Baum geprallt und sofort tot war. Mit ihm zusammen kam eine 33-jährige Frau ums Leben, die auf dem Beifahrersitz gesessen hatte. Als ich ins Schlafzimmer zurückkehrte, war Heidenei verschwunden.

Man untersuchte den Unfall und fand eine leicht erhöhte Alkoholkonzentration in Frieders Blut, zusammen mit deutlich nachweisbaren Mengen von Diazepam, für einen Apotheker nicht unbedingt außergewöhnlich. Ein Fremdverschulden wurde ausgeschlossen.

Frieder war 56 Jahre alt geworden und hinterließ mich als reiche Witwe. Jetzt gehörte unsere Familienapotheke wieder mir allein. Ich führte sie noch ein paar Jahre weiter. Als ich mich zur Ruhe setzte, verpachtete ich sie an Frieders Neffen Norbert und unternahm ausgedehnte Kreuzfahrten in warme und sonnige Regionen. Im Sommer lebte ich in meinem Haus mit Seezugang, wo mich Heidenei regelmäßig besuchte. Auch wenn ich ihn nicht sehen konnte, stellte ich ihm doch täglich seine Milch hin. Manchmal trank er sie – oder vielleicht war es auch eine Katze oder ein Fuchs, der aus dem Wald oder den benachbarten Gärten kam –, manchmal auch nicht.

„Was ist denn nun mit meiner Milch?“, quengelte Heidenei und deutete fordernd auf die Küchentür.

Ich machte kehrt. In der Küche öffnete ich den Kühlschrank und holte die Milchpackung heraus. Während ich noch damit beschäftigt war, die weiße Flüssigkeit in ein Schälchen zu gießen, läutete es an der Vordertür und ich hörte das metallische Klicken eines Schlüssels.

„Hallo, Tante Menchen! Ich bins!“

Norbert kümmerte sich um mich, obwohl wir uns eigentlich nicht besonders mochten. Dafür war er Frieder viel zu ähnlich, besonders sein strahlendes Lächeln. Jetzt war er 56, so alt, wie Frieder geworden war. Norbert war beliebt und charmant und ließ kein Dorffest aus. Aber weil mir die Apotheke noch immer gehörte, fühlte er sich mir gegenüber wohl irgendwie verpflichtet. Und außerdem würde er sie einmal erben. Ich muss zugeben, dass ich mich dennoch mit zunehmendem Alter immer mehr auf seine Besuche freute, denn schließlich konnte ich nicht mehr so wählerisch sein.

Rasch stellte ich das Schälchen vor der Tür ab, trat in den Flur, warf einen Blick in den Spiegel und steckte eine weiße Strähne zurück, die sich aus meinem hochgesteckten Haar gelöst hatte. Norbert kam mir schon entgegen.

„Hast du mich nicht gehört?“, fragte er und hauchte mir einen flüchtigen Kuss auf die Wange. Dann ging er an mir vorbei in die Küche.

„Brr, ist das kalt hier.“ Er schüttelte sich demonstrativ und wollte die Küchentür schließen. Dabei fiel sein Blick auf die Fußabdrücke im Schnee.

„Was sind das für Spuren? Warum läufst du draußen barfuß herum?“

„Tu ich doch gar nicht“, sagte ich rasch. „Das … äh … sieht nur so aus … meine Pantoffeln … ich wollte nur schnell …“

Norbert unterbrach mein Gestammel, indem er die Tür energisch zuzog, wobei er aber nicht verhindern konnte, dass sich Heidenei im letzten Moment hindurchzwängte. Dann blickte er auf meine Füße in den Filzpantoffeln, von denen der Schnee bröselte, taute und auf den Fliesen kleine helle Pfützen bildete. Misstrauisch sah er vom Milchkarton auf dem Küchentisch zur Tür.

„Musst du denn bei dieser Affenkälte hinausgehen und Katzen füttern? Und warum ist es hier drin so kalt?“

Er fasste prüfend an den Heizkörper und drehte den Regler bis zum Anschlag auf. Dann legte er den Kopf schief, klopfte gegen das Metall, wobei noch mehr weiße Farbe abblätterte und rostige Flecken freigab, und horchte.

„Nichts. Die Heizung geht nicht. Ich sehe mal im Keller nach.“

Während er eine Etage tiefer rumorte, öffnete ich die Tür des grünen Kachelofens und schob ein weiteres Scheit Holz hinein. Als das Wasser im Kessel auf dem Herd kochte, goss ich in einer bauchigen Kanne Weihnachtstee auf. Umhüllt von der aufsteigenden Duftmischung aus Zimt, Vanille und Muskat durchsuchte ich meine Oberschränke, bis ich zwei ziemlich gut zueinanderpassende Tassen fand, und stellte sie neben dem Herd bereit. Als ich die Flasche Rum aus dem Schrank nehmen wollte, fiel mein Blick auf das Fläschchen mit den Diazepam-Tropfen. Manchmal schlafe ich nicht so gut und muss mich dann zwischen Alkohol und Hypnotika entscheiden, weshalb ich beides immer griffbereit habe.

„Das Heizöl ist alle", sagte Norbert, als er wieder in der Küche stand, und sah mich missbilligend an. „Die Heizung müsste ohnehin mal erneuert werden. So wie das ganze Haus." Sein Blick glitt über die orangebraune Kücheneinrichtung, die vor 40 Jahren einmal der letzte Schrei gewesen war.

„Ich habe mich daran gewöhnt. Das Haus und ich kommen gut miteinander klar", sagte ich und nieste. „Schließlich bin ich ja auch nicht mehr die Jüngste."

„Eben", sagte Norbert, „und gerade deshalb solltest du mehr auf deine Gesundheit achten. Du bist ja total erkältet."

Verlegen sah ich an mir herab. Ich musste zugeben, dass die beiden dicken Wollpullover und der rote Schal über der fadenscheinigen Cordhose tatsächlich nicht ausreichten, um mich warm zu halten. Norbert nahm seinen Mantel und legte ihn mir um die Schultern. Dann setzten wir uns an den alten Holztisch, der die halbe Küche ausfüllte und für zwei Personen eigentlich viel zu groß war.

„So geht das nicht mehr weiter", sagte Norbert und legte eine Hand auf meinen Arm. „Warum überlegst du es dir nicht noch einmal, Tante Philomena." Ich wusste genau, was jetzt kommen würde. „In einem Heim wärst du viel besser aufgehoben."

Heidenei, der unsere Unterhaltung aufmerksam verfolgt hatte, verzog beim Wort „Heim“ verächtlich das Gesicht. Aus den Augenwinkeln sah ich, wie er zum Küchenschrank ging, die Tropfen herausnahm und sie unauffällig neben den Herd stellte.

„Da sind doch nur alte Leute“, sagte ich. Als mir klar wurde, wie absurd das klang, setze ich schnell hinzu: „Und außerdem: Der See würde mir fehlen.“ Norbert seufzte.

Er stand auf, holte seine schwarze Aktentasche aus der Garderobe, nestelte einen glänzenden Prospekt heraus und legte ihn aufgeschlagen auf den Tisch.

„Hier in der Nähe gibt es ein gutes Heim. Sieh doch mal, die haben sogar Zimmer mit Blick auf den See.“

Ich setzte meine Brille mit dem Goldrand auf und blätterte folgsam ein paar Seiten um.

„Nur ein einziges Zimmer“, nörgelte ich. „Hier habe ich ein ganzes Haus …“

„… das viel zu groß für dich ist“, sagte Norbert. „Und du bist ganz allein. Überleg doch mal, was alles passieren kann. Zum Beispiel, wenn du hinfällst, so wie neulich …“

Er wollte das Haus, dachte ich, natürlich wollte er das Haus, das hatte er schon immer gewollt. Viele Menschen würden töten für so ein Haus am See. Ich sah, wie Heidenei hinter seinem Rücken zum Herd schlich und den Inhalt des Gläschens in eine Tasse leerte.

Norbert drehte sich um, stellte die Tassen auf den Tisch und goss uns beiden Tee ein. Dann tat er Honig und einen ordentlichen Schluck Rum dazu.

Wir tranken schweigend, minutenlang wurde die Stille nur vom Knacken des brennenden Holzes unterbrochen.

„Nicht nachgeben“, flüsterte mir der Kobold zu, der sich zu uns an den Tisch gesetzt hatte. Nein, dachte ich, ich werde nicht nachgeben, das war mein Haus, und hier würde ich auch sterben. Plötzlich hatte ich einen bitteren Geschmack im Mund. Hastig schob ich die Teetasse weg.

„Mit dir kann man einfach nicht vernünftig reden", erboste sich Norbert, stürzte seinen Tee hinunter und griff nach der Aktentasche. Er stand auf, wobei er den Stuhl so heftig zurückstieß, dass die Tasche mitgerissen wurde und zu Boden fiel. Als ich sie aufheben wollte, rutschte ein Papier heraus, das amtlich aussah und von dem mir mein Name in die Augen sprang. Soviel ich in dem kurzen Augenblick erkennen konnte, handelte es sich um einen Antrag auf Entmündigung. Heute heißt es zwar Betreuung, aber das machte die Sache auch nicht besser.

„Du warst sogar schon auf dem Amt!", rief ich empört und griff nach dem Papier. Norbert streckte seine Hand nach mir aus, doch ich wich zurück und riss die Tasche an mich. Dann mobilisierte ich meine letzten Kraftreserven und rannte in Filzpantoffeln zur Hintertür hinaus, bis auf den Bootssteg, verfolgt von Norbert.

„Halt, Tante Mena", rief er, „so war das doch nicht gemeint!" Wutentbrannt lief ich bis ans Ende des Bootsstegs, um die Tasche weit hinaus in den See zu schleudern. Aus den Augenwinkeln sah ich, dass mir Heidenei gefolgt war. Von all der Aufregung wurde mir schwindelig. Oder war es doch der Tee? Die feuchten Pantoffeln boten mir keinen Halt auf dem Holz, das mit einer dünnen Reifschicht überzogen war. Ich stolperte, glitt aus und stürzte kopfüber in den eisigen Bodensee.

Noch im Fallen hörte ich Heideneis helle Stimme kreischen: „Das war keine Absicht, das wollte ich nicht."

Ich öffnete den Mund, aber statt mit kalter Winterluft füllte er sich mit brackigem Seewasser. Ich schluckte und schluckte, bis ich das Bewusstsein verlor. Als ich erwachte, spürte ich die Kälte nicht mehr. Über mir fraß sich eine fahle Wintersonne durch den Nebel. Der Rückweg zum Haus erschien mir mühelos.

Aber wo kamen all diese Menschen plötzlich her? Von der Straße blitzte blaues Licht durch den Nebel und im Garten sah ich mehrere uniformierte Polizisten und zwei weiß gekleidete Sanitäter, die sich über einen leblosen Körper auf einer Tragbahre beugten.

Mit einem Mal begann die trübe Nachmittagssonne hell zu leuchten und mich zusammen mit dem aufsteigenden Nebel unaufhaltsam ans Licht zu ziehen. Bei einem letzten Blick auf das Haus hätte ich schwören können, dass ein frisches Schälchen Milch außen vor der Küchentür stand.

Jetzt kann ich sie sehen, diese andere Dimension, und gerade in diesem Moment öffnet sich wieder ein Spalt.

TANJA JAURICH

Die Backperle

„Und packet Se noch a paar von Ihre Butterkipferl zor Beschtellung von meim Moh“, flüsterte die alte Frau Dorit verschwörerisch zu. „Wollet Se net so langsam an Laden aufmache?“

„Ach Frau Waschek, des dät sich doch net lohna.“ Dorit notierte die Kipferl auf ihrer Liste und kennzeichnete sie zusätzlich mit einem kleinen Sternchen. „Das mache ich schön weiter von daheim aus. Die Leut bestellet doch nur zu den Feiertagen.“

Sie lächelte der Seniorin und deren schwerhörigem Mann zu, dann packte sie den Block in ihren Einkaufskorb.

„Reicht es nicht, dass seit Anfang November das Telefon nicht mehr stillsteht, musst du jetzt auch schon auf dem Markt Bestellungen für deine Gutsle aufnehmen?“, grummelte Dorits Mann Gerd, als sie, wieder zu Hause, die Einkäufe über den Hof des alten Bauernhauses trugen.

„Ja, Gerd“, bestätigte Dorit, „dieses Jahr haben wir wirklich eine besonders große Nachfrage nach Weihnachtsgebäck.“

„Die ganze Filder spricht uns auf der Straße an, nirgends kann man mehr ungestört hingehen. Es wäre mir lieber, wenn du dir ein anderes Hobby suchst.“ Gerd schüttelte den Kopf und nahm den direkten Weg in die Scheune.

Er hatte als Landwirt den elterlichen Hof hinter Filderstadt geerbt und zeigte wenig Verständnis für die Leidenschaft seiner

Frau. Dass Dorits Zusatzeinkünfte ihnen schon mehr als einmal das Überleben gesichert hatten, schien er in seiner Abneigung komplett zu ignorieren. Sie fragte sich, wie oft der Hof schon kurz vor dem Verkauf gestanden hatte, wenn der werte Gatte wieder einem Spleen hinterherhing und neue Kulturpflanzen einführte – allein seine Tabakfeldversuche im letzten Jahr waren fast ihr finanzieller Ruin gewesen. Dafür gab es jetzt einen neuen Schädling in der Gegend, der überraschenderweise auch Gefallen an den heimischen Nutzpflanzen fand – die anderen Bauern prüften gerade die Möglichkeit, Gerd dafür zu verklagen.

Dorit räumte den Käse in den Kühlschrank und blickte auf die Uhr. Kurz vor zwölf, die Apotheke hatte noch geöffnet. Flink wählte sie die Nummer, klemmte den Hörer zwischen Schulter und Ohr und wühlte im Korb nach ihrem Zettel.

„Limes-Apotheke Filderstadt, Weber, wie kann ich Ihnen helfen?“

„Schauen Sie mal aufs Display, vielleicht kennen wir uns ja.“ Dorit schmunzelte.

„Ach Dorit, du bist‘s. Bleibt es bei heute Nachmittag?“

„Ja, ich hab frischen Hefezopf zum Kaffee geholt. Kathi, würdest du mir noch 'ne Packung Viagra zusätzlich mitbringen? Die mit 50 mg Wirkstoff müssten reichen, je nachdem, was du besorgen kannst.“

Am anderen Ende der Leitung herrschte kurz Stille. „Viagra? Sind die für den Gerd?“

Dorit kicherte und strich sich eine Strähne ihres blonden, lockigen Haars hinters Ohr. „Nein, die kommen in die Kipferl für den alten Waschek. Seine Frau scheint letztes Ostern auf den Geschmack gekommen zu sein. Erinnerst du dich nicht mehr an ihre Bestellung?“ Sie wartete die Antwort der Freundin nicht ab. „Das wäre mal eine Idee, für meinen Gerd … Wenn Viagra hilft, ihn vom Experimentieren auf dem Hof abzuhalten, dann ja, aber ansonsten brauchen wir solche Hilfsmittel noch nicht."

„Ach so? Scheint ja toll zu laufen bei euch. Ich muss schauen, ob ich heute noch eine Packung abzweigen kann."

Etwas später am Nachmittag saßen Dorit und ihre langjährige und beste Freundin Kathi am Wohnzimmertisch und ließen sich duftenden Kaffee und Hefezopf schmecken.

„So, dann wollen wir mal …" Dorit schob die Lesebrille auf die Nase, „… für die Roths eine Auswahl von Weihnachtsgutsle ‚Normal', alle Sorten gemischt. Für Frau Wurster brauchen wir ein Abführmittel …"

„Warum denn ein Laxativum? Einen solchen Wunsch hatten wir noch nie." Kathi sah sie fragend an.

„Ich habe ihr dazu geraten. Frau Wurster hat erzählt, dass die Erbtante bestimmt hat, dass dieses Jahr Weihnachten bei ihnen gefeiert wird – mit der ganzen Verwandtschaft und ohne zu fragen. Frau Wursters letzte Hoffnung ist, dass alle schnell wieder abreisen, zum Beispiel mit einer zünftigen Magenverstimmung."

Kathi zog die Augenbrauen hoch. „Dann bringe ich dir die Vitolaxum mit. Die putzen durch, und das in kürzester Zeit. Du kannst sie zerstoßen mit in die Glasur geben." Sie überlegte kurz. „Und Frau Wurster sollte ihren Gästen die Bredle möglichst gleich bei der Ankunft anbieten. Ihre zwei Zimmer sind wirklich zu klein für eine Großfamilie."

„Da hast du recht, ein Albtraum! So eine Feier wäre mir sogar hier auf dem Hof zu viel. O.k., dann lass mal schauen, was wir noch haben …"

Geld betrat das Wohnzimmer und begrüßte Kathi wortlos mit einem Nicken. Dorit schickte ihm einen ermahnenden Blick durch den Raum.

Wie oft hatte sie ihn schon gebeten, dem Besuch gegenüber etwas mehr Höflichkeit an den Tag zu legen. Erleichtert beobachtete sie, dass Kathi sich nicht an seinem Verhalten zu stören schien.

„Was gibt's denn, Schatz?“ Sie schenkte ihrem Mann ihr charmantestes Lächeln, vielleicht sprang es ja über.

„Herr Lämmle hat angerufen, Linus kommt über die Weihnachtsferien. Er fragt, ob du was zur Beruhigung hättest. Der Kleine bringt seine Großeltern wohl zur Verzweiflung, rennt ohne Unterlass um den Weihnachtsbaum und zündet Tischdecken an.“

Gerd schien ihr Lächeln nicht wahrzunehmen, sah sie gar nicht richtig an und schlappte schon wieder zur Türe. Ein Bild von einem Mann, dachte Dorit bitter, als sie ihm hinterherschaute. Allerdings eher das eines Greises und nicht das eines gestandenen 50-Jährigen, der er nun mal war. Die viele Arbeit auf dem Feld hatte ihm ein breites Kreuz beschert und mit den sonnengebleichten Strähnen im noch dunklen Haar hatte er für sie aber nichts an Attraktivität eingebüßt. Doch er schien sich für seine Ehefrau keine Mühe mehr geben zu wollen, ließ die Schultern hängen und lebte auch sonst neuerdings in seiner eigenen Welt.

Dorit wischte die Gedanken mit einem Kopfschütteln weg und sah Kathi an. „Dann machen wir Gutsle mit Erdbeergsälz für den Linus. Und vielleicht Dormalon, was meinst du?“

Augenrollend schrieb Kathi eine Notiz. „Nein, Silentin heißt das Zauberwort für überdrehte Kinder. Das Medikament des Vertrauens aller Ärzte, wenn es darum geht, die Kinder auf unsere bewegungsfaule Gesellschaft einzustimmen. Man geht nicht mehr auf die Gass wie früher, Bewegungsdrang ist eine Verhaltensauffälligkeit. Ist das Kind zu aktiv, wird es gedrosselt und sitzt fortan ruhig mit Mama vor der Glotze.“

Dorit mochte den stechenden Humor der Freundin. Doch ganz sicher wusste man nie, ob Kathi es nicht ernst meinte.

„Den Wirkstoff kannst du problemlos mitbacken bis etwa 200 Grad. Nimm die höhere Dosierung, 40 mg, um sicherzugehen. Mach Ausstecherle mit Zuckerguss, die Zitrone überdeckt den Geschmack ...", sie dachte kurz nach, „ja, von den Tabletten haben wir auch welche zurückbekommen. Wir hatten eine Menge Medikamentenrückläufe diesen Monat. So viel abgelaufene Ware hatten wir selten. Als ob die Leute wüssten, dass wir es fürs Weihnachtsgeschäft brauchen."

Triumphierend hielt Kathi eine Verpackung hoch. „Diesmal war sogar das Schlafmittel für Egerters Frau dabei ..."

„Da hadere ich jedes Mal mit mir ... wir wissen ja alle, mit wem er sich vergnügt, während sie daheim auf dem Sofa einschläft", bemerkte Dorit.

„Wissen wir das?" Ungerührt sah Kathi die Medikamentenverpackungen durch. Kathi, die treue Seele. Die attraktive, dunkelhaarige Mittvierzigerin war nach der Ausbildung aus Köln zu ihrem Schatz aufs Dorf gekommen – und nach der Scheidung zog ihr Exmann nach Frankfurt und sie, die die Großstadt noch immer vermisste, ihren Sohn Tom in einer kleinen Mietwohnung in Sielmingen alleine groß. Die Freundin deutete immer wieder an, dass sie in finanziellen Schwierigkeiten steckte, auch wenn sie nicht genauer darauf eingehen wollte. Dorit respektierte das; bestimmt hatte Kathis Mann mit dem Hausbau einen Haufen Schulden hinterlassen. Kathi hatte gehofft, die gut gehende Ortsapotheke übernehmen zu können, wenn der Inhaber sich zur Ruhe setzte. Doch fürs Erste musste es für Kathi eine glückliche Fügung gewesen sein, als Dorit ihr Gutsle-Geschäft um einige Besonderheiten auszuweiten begann. Und für Dorit war sie, die an der Quelle saß, praktisch Gold wert.

Als sie ihre Liste durchgearbeitet hatten, senkte Dorit ihre Stimme. „Und frag deinen Tom, ob er wieder ein bisschen was für meine Kekse hat. Die Studenten im Dorf haben nachgefragt."

„Dorit … du weißt, was letzten Sommer geschehen ist … die Sache mit Tom.“ Kathis Blick verfinsterte sich.

„Ach komm, tu doch nicht so!“ Dorit ignorierte den ernsten Tonfall. „Tom hat's halt übertrieben, so sind die jungen Leute manchmal. Aber die Haschischkekse sind doch meine ganzjährige Einnahmequelle, im Gegensatz zu den Gutsle, die ich nur zu Weihnachten und Ostern verkaufen kann. Und du kennst Gerds Finanzen.“ Sie legte ihren Arm um die Schultern der Freundin, doch die drehte sich weg. Was war denn los mit ihr? Kathi war doch weiß Gott auch kein Engel gewesen. Als Apothekerin hatte sie immer gewusst, was auf den langweiligen Dorffesten am meisten Spaß brachte, außer dem schalen Bier. Doch mit der Geburt ihres Sohns Tom hatte sich dies schlagartig geändert. Irgendwie schien Kathi ihr die Schuld für Toms Drogenabsturz letztes Jahr in die Schuhe schieben zu wollen, dabei bezog sie nur ihr Cannabis über ihn. Tom schien über hervorragende Kontakte zu verfügen.

Auffallend still räumte die Freundin ihre Sachen zusammen. „O.k., ich pack's dann mal wieder. Deine Medikamente hab ich dir auf den Esstisch gelegt.“

Dorit vergaß hin und wieder, ihre Tabletten gegen ihre Herzinsuffizienz einzunehmen. Sie vertrat den Standpunkt, dass ein schwaches Herz bei so viel Stress von selbst stärker wurde. Doch Kathi passte gut auf sie auf. Dorit war ihrer Freundin dankbar, dass sie sie immer wieder ermahnte und neue Medikamente mitbrachte, auch wenn sie noch kein Rezept hatte. Kathi telefonierte sowieso fast täglich mit dem Arzt. „Wenn ich dich nicht hätte! Lass uns nach dem Weihnachtsgeschäft einen schönen Kurzurlaub zusammen buchen, wäre doch schön, mal wieder rauszukommen.“

„Die Therme in Überlingen sollen schön sein. Bis dann, Süße!“, entgegnete Kathi.

Auf der Treppe drehte sie sich noch einmal um. „Ich hab ganz vergessen, dich um einen Gefallen zu bitten. Meine Tante Roswitha sollte Tabletten für ihr Magengeschwür nehmen. Der Arzt hat ihr welche verschrieben, die sie aber nicht nimmt.“ Sie sprach leise und wich Dorits Blick aus, das Thema schien ihr unangenehm zu sein. „Das alte Streitross sträubt sich sogar gegen meine Empfehlungen. Kannst du mir Springerle für sie machen? Das Pulver kannst du zerstoßen und normal mitbacken, eine Pille pro Springerle. Und die gleichen bitte noch mal für mich, natürlich ohne Wirkstoff. Ich will ihren Argwohn nicht wecken, wenn sie am ersten Weihnachtsfeiertag kommt. Ich werf dir die Medikamente mit Zettel für die Dosierung morgen ein.“

„Klar, mach ich dir fertig.“ Dorit schmunzelte. Manchmal konnte man sogar Gutes tun, das gefiel ihr an ihrer Berufung.

Das nächste Treffen fand erst wieder kurz nach Weihnachten statt, bis dahin hatte Dorit alle Hände voll zu tun mit ihren Leckereien. Gerd ließ sich ohne großes Aufheben überreden, mit zu Kathi zu kommen, auch wenn er sich sonst unter Menschen immer etwas kauzig benahm. Aber vor ihrer Freundin musste sie sich mit ihm nicht schämen, die nahm ihn mit ihrer unkomplizierten Art so, wie er war. Kathi schaffte es sogar, ihn mit provokanten Themen aus der Reserve zu locken. Ja, er blühte hin und wieder regelrecht auf in ihrer Gegenwart. Dorit wünschte sich nur noch einen neuen Partner für Kathi, damit sie zu viert ein Schwätzle halten konnten.

Sie legte der Freundin einen Umschlag auf den Wohnzimmertisch, der dieses Mal so prall gefüllt war wie nie zuvor. Die Weihnachtsgeschäfte liefen mit jedem Jahr besser, und Kathi würde das Geld wie immer dringend brauchen.

Tom schaute kurz vorbei und nahm auch seinen Anteil freudig entgegen, bevor er mit seiner neuen Freundin in den Skiurlaub verschwand. „Nächsten Monat kann ich dir wieder neues Piece besorgen“, raunte er Dorit mit vielsagendem Augenzwinkern zu. Dem Geruch, der ihn umgab, und den geweiteten Pupillen nach sollte er wohl besser nicht mehr Auto fahren, dachte Dorit; aber ihrer Ansicht nach war es die Aufgabe seiner Mutter, sich darum zu kümmern.

Sie würde sich vorerst über nichts mehr Gedanken machen. Die Zeit nach Weihnachten, wenn der ganze Stress von ihr abfiel, war wunderbar entspannend für Dorit. Auf dem Hof gab es nicht viel zu tun und sie würde ab jetzt wieder mehr Zeit mit Gerd verbringen können.

Zufrieden ließ sie sich ein weiteres Springerle auf der Zunge zergehen. Sie hatte das Rezept ihrer Großmutter etwas verändert und röstete die Anissamen nun kurz an. Der Geschmack intensivierte sich dadurch noch mehr.

Als sie sich Kaffee nachschenken wollte, bemerkte Dorit auf einmal, dass ihre Hand zitterte. Seltsam, am Kreislauf konnte es doch eigentlich nicht liegen. Dank Kathis Aufmerksamkeit hatte sie die Medikamenteneinnahme inzwischen im Griff. So gut, dass ihr schwaches Herz sie fast nicht mehr behinderte. Das Zittern wurde stärker. Unter dem Tisch begann Dorit unauffällig, den Ärmel ihres Pullovers hochzuschieben. Ihre Finger suchten am Handgelenk nach dem Puls. Gerd und Kathi diskutierten nach wie vor angeregt über seine neuen Pläne für den Hof, sie schienen nichts von ihrer Nervosität zu bemerken. Dorit wollte sie nicht beunruhigen, vielleicht würde das Schwindelgefühl sich wieder legen. Aber wenn sie einen Schwächeanfall erlitt, war es gut, ihre erfahrene Freundin in der Nähe zu wissen.

Hitze stieg in ihr auf und sie spürte, wie der Schweiß auf ihrer Stirn perlte. Plötzlich schnürte ihr ein Kälteschub den Atem ab, ihr Brustkorb schien zu beengt für die Luftmassen, die er bewältigen sollte. War sie so verspannt? Dorit straffte die Schultern und versuchte, die Luft tiefer in die Lungenflügel hineinzuatmen. Was war los mit ihr? Panisch sah sie über den Tisch hinweg zu ihrem Mann, der immer noch nichts zu bemerken schien. Kaffee! Kaffee würde sie stabilisieren und ihren Blutdruck schnell hochtreiben, wenn ihre Atemnot daher kommen sollte. Sie griff nach der Tasse, aber die Hand verfehlte den Griff. Sie zitterte nun so stark, dass ihre Augen die Finger nicht mehr fixieren konnten. Das Gehirn rasterte die Bildfolge vor ihren Augen auf wie ein verschwommenes Daumenkino. Der Anblick ließ ihr schlecht werden und sie lehnte sich nach hinten, um sich an der Stuhllehne abzustützen. Nach draußen!

Weg vom trockenen Heizungsdunst hier im Wohnzimmer. Frische Luft – sie sehnte sich nach dem kühlen Winterwind, der ihre Lebenskraft zurück in den Körper blies. Ihre Arme stützten sich auf die Stuhllehne, ihr Körper bäumte sich auf, sie wollte sich hochdrücken, doch ihre Ellenbogen gaben nach. Dorit fiel ruckartig nach hinten. Gerd und Kathi unterbrachen ihr Gespräch und sahen sie an. Doch *diesen* Blick hatte sie nicht erwartet. Neugierig schauten sie alle beide, abschätzig, doch weder beunruhigt noch panisch.

„Helft mir, mein Herz …“, anstatt eines Hilferufs kam nur ein Flüstern aus ihrem Mund, doch genug, damit sie verstanden wurde. Warum regte sich keiner? „Gerd …“, mit aufgerissenen Augen versuchte sie, sich zu ihm zu drehen. Kathi nickte Dorits Mann wortlos zu und stand auf. Sie legte ihr den Arm auf die Schulter. „Das liegt am Cimetidin. Zusammen mit deinen Herztabletten verstärkt es die Herzrhythmusstörungen. Dein Blutdruck sinkt, doch dein Körper versucht vergebens, das auszugleichen.“

Dorit fixierte die Gutsle auf dem Tisch. Kathi folgte ihrem Blick. „Das Mittel ist zuverlässig wirksam in der Menge, die du in die Springerle gemischt hast. Ich habe keine Tante Roswitha, wie du vielleicht wissen könntest, wenn du mir jemals besser zugehört hättest. Du und dein eitles Getue, die ganze Filderebene hast du unter Medikamente gesetzt mit deinen Gutsle."

Dorit versuchte zu antworten, aber über ihre trockenen Lippen kam kein Wort. Das Herz raste, sie musste irgendwie trinken, trinken ... Wieder sah sie zu Gerd, dem unwohl zu sein schien. Den Blick zu Boden gerichtet, stand er auf und ging langsam zur Tür. Hoffnung keimte in ihr auf. Wollte er Hilfe holen?

„Gerd!" Ein letztes Aufbäumen brachte ihren Körper nach oben, wieder raste das Herz. Ein unerträgliches Stechen im Brustkorb. Dorit sank vom Stuhl zu Boden. Die Panik zu ersticken wurde immer stärker. Zu wenig Sauerstoff, das kleine Organ versuchte, schneller und schneller zu pumpen. Bewegungen, eine dunkle Gestalt redete plötzlich auf Kathi ein. Alles verschwamm. Dorit schloss die Augen und öffnete sie erst wieder, als sie eine leichte Berührung bemerkte. Es war Kathi, die sich über sie beugte. Sie war allein und herrschte Dorit an:

„Seit dem Moment, als Tom wegen deiner Kekse eingeliefert wurde, ist er nicht mehr derselbe. Ich komme nicht mehr an ihn ran, er raucht das Kraut jeden Tag, trifft seltsame Freunde ... Und du stachelst ihn auch noch an, Drogen für dich zu besorgen. So geht es nicht mehr weiter!" Für einen kurzen Augenblick schien Kathi mit sich zu ringen, dann sprach sie in ruhigem Tonfall weiter. „Ich muss auch an mich und meinen Sohn denken. Gerd wird den Hof verkaufen und einen kaufmännischen Lehrgang absolvieren. Von dem Geld, das uns der Hof bringen wird, übernehmen wir im Frühjahr die Apotheke."

Dorit streckte die zitternde Hand aus. Wie in Trance nahm sie wahr, dass Kathi sich hinkniete und ihr ein Glas Wasser an den trockenen Mund hielt. „Wir rufen gleich den Rettungswagen. Leider wird es dann zu spät sein. Wir wollten dir noch helfen, aber dein Zustand hat sich so schnell verschlechtert. Ich kann mir auch keinen Reim darauf machen, warum du zu deinen Herzmedikamenten Magentabletten genommen hast.“ Sie seufzte. „Es tut mir leid, aber das Leben mit Gerd bietet mir so viel mehr Freiraum. Ein Leben, das du leider nicht zu schätzen wusstest.“

Dorit sah die Freundin immer verschwommener, nur noch ein Schemen im grauen Dunst. Sie wollte nach ihr greifen, aber ihre Arme gehorchten ihrem Willen nicht mehr. *Gerd, Gerd, wo bleibst du* … Dann wurde es dunkel.

PETER WARK

Auf dünnem Eis

Heiligabend 2011, 23.35 Uhr:
Die Scheibenwischer schafften es fast nicht mehr, obwohl sie im schnellsten Modus liefen und hektisch hin- und herkratzten. Schneeflocken, dick, aufgebläht, bedrohlich, sammelten sich auf der Frontscheibe. Tanja konzentrierte sich auf die Straße, die unter einer dichten Schneedecke lag. Morgen früh ab vier Uhr würde der Schneeräumdienst wieder im Einsatz sein und alle Hände voll zu tun haben. Bis dahin war nicht damit zu rechnen, dass sich jemand um die Straßen kümmerte. Seit Stunden schneite es, als sollte aller Schnee eines Winters in dieser einen Nacht zur Erde fallen. Obwohl sie am Steuer eines großen, Vertrauen erweckenden Geländewagens saß, war Tanja nervös. Sie wollte auf gar keinen Fall in den Graben rutschen. Das durfte nicht passieren. Nicht ausgerechnet in dieser Nacht. Wenn ihr etwas zustoßen sollte, würde es ewig dauern, bis sie entdeckt würde. Viel Verkehr herrschte hier, im abgelegensten Teil der Schwäbischen Alb, eigentlich nie – und schon gar nicht in einer Weihnachtsnacht. Die Leute saßen entweder noch in der warmen Stube vor dem Christbaum, oder sie träumten schon ihre vom vielen Rotwein der Weihnachtsfeier befeuerten Träume. Alkohol half vielen Menschen, mit diesen langen Abenden klarzukommen. Nicht umsonst gab es ausgerechnet an Weihnachten so viele Familienstreitereien mit manchmal bitterem Ausgang. Sie schluckte etwas Galliges hinab. Bitte, bitte kein

Glatteis, schickte sie ein Stoßgebet gen Himmel. Sie war froh, ein Fahrzeug mit Vierradantrieb zu lenken. Weiße Weihnacht war nicht das, was sie sich erhofft hatte, obwohl der Schnee, genau betrachtet, hilfreich sein konnte.

Langsam kroch der schwere Jeep die kurvige Landstraße hinauf, die gut ausgebaut, nun aber unter Schneemassen begraben war, die kaum noch eine Fahrbahnbegrenzung erkennen ließen. Der Achtzylinder verrichtete seine Arbeit unaufgeregt und vermittelte Tanja ein Stück weit ein Gefühl von Zuverlässigkeit und Geborgenheit. Sie hatte Heizung und Lüftung hochgedreht, damit ihr nicht kalt wurde und die Scheiben nicht beschlugen. Konzentriere dich, sagte sie zu sich selbst. Die Scheinwerfer leuchteten ein weißes Band direkt vor dem Fahrzeug aus, doch die Sicht reichte nicht weit.

4. November 2011:
Heiligabend ist ideal, sagte sich Tanja. Immer und immer wieder war sie die Sache durchgegangen. Ein paar Wochen nur noch. Ein paar von so vielen, in denen sie überlegt, Pläne geschmiedet und sie wieder verworfen hatte. Heiligabend war perfekt. Der Abend würde genau so verlaufen wie die Heiligabende der letzten Jahre. Eine Vorstellung, die sie fast erbrechen ließ. Sie wurde an Weihnachten von niemandem erwartet, kein Mensch würde sie einladen. Einsame Weihnachten kannte sie schließlich schon so lange. Ihre Eltern verbrachten die Winter seit Jahren auf den Kanarischen Inseln und hatten kein großes Interesse daran, an Weihnachten auf Familie zu machen. Noch nie hatten sie Tanja an Weihnachten eingeladen und auch Tanja selbst wäre nie wirklich auf die Idee gekommen, ihre Eltern an den Festtagen zu sich zu holen. Thomas hätte nicht zugestimmt. Er hasste die besinnlichen Tage, sie hatten keinen Christbaum in der Wohnung, und auch sonst tat ihr Ehemann alles dafür, aus Heiligabend einen möglichst normalen Tag zu machen. Bis auf

die Treffen mit seinen Freunden. Mit seiner eigenen Familie hatte Thomas schon vor vielen Jahren gebrochen. Kurz dachte Tanja an ihre Schwester. Sandra lebte seit dem Studium in den USA. Aus einem Auslandssemester wurde ein ganzes Leben. Sandra war mit einem Architekten verheiratet und fühlte sich in Atlanta längst viel mehr zu Hause als auf der Schwäbischen Alb. Sicher würde sie anrufen und ein schönes Fest wünschen, man würde am Telefon Belanglosigkeiten austauschen und das wäre es dann auch schon wieder. Eine ziemlich verkorkste Familie, dachte Tanja bitter. Es war Jahre her, dass Sandra und ihr Mann zuletzt in Deutschland zu Besuch gewesen waren. Vielleicht sollte sie Anfang des neuen Jahres einfach in die USA fliegen und ihre Schwester überraschen, überlegte Tanja.

Heiligabend 23.40 Uhr:
Kein Mondlicht. Allumfassende Schwärze, die nur von der begrenzten Leuchtkraft der Scheinwerfer auf kurze Distanz durchbrochen wurde. Unter dem Schnee war die Fahrbahn vereist. Eis war das Schlimmste überhaupt. Mit Schnee konnte umgehen, wer auf der Schwäbischen Alb das Autofahren gelernt hatte. Nur das verdammte Eis war tückisch und konnte aus dem besten Autofahrer ein Opfer machen. Tanja fuhr noch langsamer. Im zweiten Gang dirigierte sie das amerikanische Blechmonster über das kurvige Straßenband bergan. Sie wusste, wenn man etwas sehen könnte, würde man rechts alte Tannen erkennen, denn neben der Straße zog sich ein Wald den Berghang hinauf. Als man vor einigen Jahren, als die öffentliche Hand plötzlich wieder einmal Geld hatte, die Straße verbreiterte, mussten viele der alten Bäume fallen, die hier seit Jahrhunderten den Elementen getrotzt hatten. In dieser ländlich geprägten Gegend hatte es keinen Aufschrei dagegen gegeben, wie das drunten in Tübingen oder Reutlingen sicher der Fall gewesen wäre. Man legte sich nicht mit der Obrigkeit an in dieser Gegend. Die da

oben wissen schon, was sie tun, das war das allgemein gelebte Mantra. Sich um die eigenen Probleme kümmern und darüber hinaus nichts sehen, nichts hören und vor allem nichts reden, mit dieser Einstellung lebten die meisten. Tanja kniff die Augen unmerklich zusammen. Das Schneetreiben ließ kein bisschen nach. Tanja war auf der Alb aufgewachsen, sie kannte harte Winter, doch von Jahr zu Jahr fiel es ihr schwerer, den kalten Monaten etwas Positives abzugewinnen. Als Kind war sie Ski gelaufen und bis vor einigen Jahren hatte sie noch Langlaufskier im Keller stehen. Thomas konnte dem Sport nichts abgewinnen. Dass sie seit Jahren ins Fitnesstudio ging und gezieltes Krafttraining machte, war ihm anfangs immerhin noch Spott wert gewesen, danach ignorierte er ihre Bemühungen ganz einfach. So, wie er das meiste ignorierte, was sie tat. Auf den Jeep war Verlass, dachte Tanja, und sie konnte gut mit ihm umgehen. Trotzdem konzentrierte sie sich so sehr, dass sie das Gefühl bekam, ihre inneren Organe würden sich irgendwie zusammenziehen.

Heiligabend, 23.15 Uhr:
Was war der Wohlstand wert, fragte sie sich. Tanja betrat zum wiederholten Mal an diesem Abend die Doppelgarage, die über einen gefliesten Boden verfügte und deren Wände ebenfalls bis zur Decke hoch gefliest waren. Sie und Thomas bewohnten ein sehr großzügig dimensioniertes, in den Achtzigerjahren erbautes Haus, das sie vor einigen Jahren gekauft und innen und außen komplett saniert hatten. Für das Geld, das sie ausgaben, hätte man locker neu und groß bauen können. 250 Quadratmeter Wohnfläche für zwei Leute, eigentlich ein Wahnsinn. Allein die Garage verfügte über eine Grundfläche, die andernorts vier- oder fünfköpfigen Familien zum Leben zur Verfügung stand. Sie bot mehr als ausreichend Platz für Thomas' Jeep und ihr Cabriolet. Gartengeräte in allen möglichen Größen, vom Aufsitz-Mäher über allerlei Schneidwerkzeug und andere Gerätschaf-

ten, standen penibel aufgeräumt in der Garage oder waren in Regalen sauber gelagert. Nur die gewaltige, elektrische Heckenschere, die Thomas einmal von einer Geschäftsreise aus den USA mitgebracht hatte, störte den Eindruck penibler Ordnung. Sie lag auf dem Boden, schmutzig, verklebt mit Textilfasern. Ein gefliester Boden hatte große Vorteile. Man konnte ihn mit dem Gartenschlauch abspritzen und aller Schmutz lief einfach in den Gully. Genau das stand für morgen auf Tanjas Plan: den Boden der Garage mit einem satten Wasserstrahl gründlich zu säubern. Jetzt, in einer Winternacht, war es zu kalt. Selbst in der Garage konnte das Wasser gefrieren. Außerdem könnten sich Nachbarn wundern, wenn sie ausgerechnet an Heiligabend Geräusche aus der Garage hörten. Neben dem Jeep hatte sich ein feuchte, dunkle Flüssigkeit gesammelt, die geronnen war und jetzt zu gefrieren drohte. Tanja bemühte sich, nicht hineinzutreten. Dann stieg sie in das Auto, ließ den hubraumstarken Motor an, drückte den automatischen Türöffner und rollte mit dem schweren Geländewagen langsam rückwärts aus der Garage in die winterliche Nacht hinaus, die sie mit heftigem Schneefall empfing.

Heiligabend, 15 Uhr:
Tanja wusste, wie es laufen würde. Thomas und seine Kumpel, allesamt sehr vermögende Männer um die 40, aber alle entwurzelt, auf die eine oder andere Art einsam, teilweise des Lebens überdrüssig, würden sich in der Kneipe treffen, in der sie sich jeden Heiligabend trafen. Sie musste mit. Als die strahlend schöne Begleiterin von Thomas, die er wie eine Trophäe behandelte. Und die anderen würden mit fortschreitender Zeit und zunehmendem Alkoholkonsum ihre Hemmungen immer mehr verlieren. Sie würden sabbernd an ihr herumgrapschen und Thomas würde stolz darauf sein, dass er ein solches Rasseweib vorzeigen konnte, auf das alle seine Kumpels scharf waren. So lief es immer an Heiligabend. Seit Jahren schon. Es widerte sie an,

mehr als jemals zuvor. Doch sie machte gute Miene zum bösen Spiel. Sie wusste, was passierte, wenn man sich nicht verhielt, wie Thomas es wollte. Einmal noch, dachte Tanja. Zum letzten Mal muss ich mich so erniedrigen lassen. Dann ist es vorbei.

Der Nachmittag verlief wie immer. Es war der einzige Tag im Jahr, an dem sich die Handvoll alter Kumpel wiedersah. Die Männer stießen auf Weihnachten an, sie versicherten sich, wie toll die Tradition sei, sich heute zu treffen, und sie soffen Bier, Schnaps, Wein. Nur vom teuersten Zeug natürlich. Sie mussten allen anderen Gästen zeigen, dass sie es geschafft hatten, dass sie im Geld schwammen und ihr Leben eine einzige Erfolgsstory war. Was die anderen nicht sahen, das waren die Männer hinter der Fassade. Trotz des beruflichen Erfolges waren sie einfach gestrickt, mehr als nur einer neigte zur Brutalität, zwei von ihnen waren geschieden. Sie alle soffen sich Weihnachten schön, weil es für sie eben kein Fest in harmonischem Rahmen war. Weil sie vergessen wollten. Und das gelang ihnen. Allen voran Thomas. Sie wusste, wie dieser Heiligabend weitergehen würde: Sie musste den total betrunkenen Thomas ins Auto wuchten und nach Hause fahren, wo er seinen Suff ausschlafen wollte. Nach ein oder zwei Stunden würde er torkelnd aufstehen und irgendetwas im Haus kaputt schlagen. Danach wäre sie dran. Weihnachten mit Thomas. Doch diesmal würde es anders enden als in den vergangenen Jahren. Durch die große Fensterfläche des Lokals schaute sie mit leerem Blick nach draußen. Schneefall setzte ein.

Heiligabend, 23.45 Uhr:
Tanja entspannte etwas, als sie die kurvige Steigungsstrecke hinter sich gebracht hatte. Sie schaltete in den Dritten hoch. Der Achtzylinder brummte beruhigend. Auf der Motorhaube türmte sich bereits Schnee. Sie befand sich jetzt auf der Hochfläche, hier, wo die Herbststürme vor wenigen Wochen heftiger gewü-

tet hatten als jemals zuvor. Eine vom Forst im Frühjahr gepflanzte Laubbaum-Kultur war komplett verwüstet worden. Die teilweise orkanartigen Stürme hatten alle Jungpflanzen mitsamt dem um sie herum gebauten Verbissschutz geknickt oder aus dem Boden gerissen. Tanja spürte am Steuer, wie heftiger Wind von rechts kam und den Schnee quer über die Straße trieb. Hier oben konnte es selbst im Sommer ungemütlich werden. Bei Spaziergängen empfahl es sich manchmal sogar im Juli, einen Pullover anzuziehen, denn es ging ganzjährig ein zum Teil strammer Wind. Sie fühlte sich alleine auf der Welt. Kein anderes Auto weit und breit. Die Fahrbahnbegrenzungspfosten waren unter Schneebergen begraben. Sie wusste, dass die Spuren, die die Breitreifen des Jeeps in den Schnee malten, innerhalb von Sekunden unter der weißen Pracht begraben sein würden. Es machte Tanja Sorge, dass sie diesen Weg wieder zurückfahren musste, wenn sie ihr Vorhaben erledigt hatte. Gegen die Einsamkeit schaltete sie das Radio ein.

Heiligabend, 20.10 Uhr:
Mehr als fünf Stunden Komatrinken zeigten ihre Wirkung. Die Männer waren stockbesoffen. Es war Heiner, einer von Thomas' widerwärtigen Freunden, der mit den Worten, es seiner Frau jetzt ordentlich besorgen zu wollen, als Erster seinen Abgang ankündigte. Er konnte kaum noch stehen. Was für alle anderen auch galt. Thomas hatte schon längst einen schläfrigen Blick und beteiligte sich seit Längerem nicht mehr an den hohlen Gesprächen. Tanja befürchtete, dass er gleich auf die Theke kotzen würde. So weit kam es dann doch nicht. Kaum dass sie ihn in den Wagen gehievt hatte, schnarchte er. Tanja war unendlich angewidert und gleichzeitig voller Zuversicht. Zu Hause schaffte sie ihn ins Bett, er selbst war keine große Hilfe dabei, knickten ihm doch immer wieder die Beine weg. Er pennte sofort wieder ein. Es gab kein Zurück mehr für Tanja. Jetzt oder nie. Es war an

der Zeit, den Plan in die Tat umzusetzen. Sie wartete eine Viertelstunde. Dann machte sie sich daran, das Drama ihres Lebens zu beenden. Ein neues Leben wartete auf sie. Sie nahm die Decken aus dem Schlafzimmerschrank und legte sie aufs Bett. Dann ging sie in den Keller, um die Stricke zu holen, die sie vorbereitet hatte. Aus der großen Garage holte sie die gewaltige amerikanische Heckenschere. Und den Wagenheber.

Heiligabend, 23.50 Uhr:
Sie konzentrierte sich so sehr, dass es fast schmerzte. Der verdammte Schneefall wollte nicht einmal für eine Minute aussetzen. Tanja hielt nach der Abzweigung Ausschau. Hoffentlich lag nicht zu viel Schnee auf dem Feldweg, den sie suchte. Sie konnte nur hoffen, dass der Schneeräumdienst am Nachmittag den Weg geräumt hatte und sie mit dem Monsterjeep durch den seither gefallenen Schnee kam. Dass es so unfassbar heftig schneien könnte, hatte sie bei ihrem Plan nicht berücksichtigt. Wer konnte auch damit rechnen? Immerhin: Niemand würde die Spuren des Jeeps sehen können. Sie wollte ihre Fracht loswerden, und sie wusste auch wo. An einem Ort, an dem niemand nachsehen würde. Es müsste schon ein großer Zufall sein, wenn man das Bündel, das sie im Auto transportierte, dort vor dem Frühjahr finden würde. Kein perfekter Plan, das wusste sie. Aber mehr hatte sie nicht. Bis jetzt. Das, was sie im Auto hatte, musste verschwinden. Das war erst einmal das Wichtigste. Vielleicht würde sie ja einfach nach Amerika abhauen. Zu Sandra. In ein neues Leben. Fast hätte sie die Stelle übersehen, an der sie in den Feldweg abbiegen wollte. Tanja bremste. Sie bremste zu stark, der Zweitonner kam trotz Allradantriebs ins Rutschen, näherte sich gefährlich dem Straßengraben. Nein, nein!, dachte Tanja. Nicht jetzt. Nicht, wo ich so nahe dran bin. Sie sah einen vom Schnee fast vollständig bedeckten Markierungspfosten auf den Jeep zurasen. Oder war es anders herum? Es krachte heftig.

Heiligabend, 21.10 Uhr:
Thomas drehte sich, wachte aber nicht auf. Sein Mund stand offen. Er schnarchte. Es war so widerlich. Doch das wäre in kurzer Zeit vorbei, wusste Tanja. Sie packte ihn in die Decken. Selbst dabei wachte er nicht auf. Dann schlang sie die Stricke, so gut es ging, um seinen 90 Kilogramm schweren Körper. Sie waren nicht sonderlich stramm gezogen, aber das musste reichen. Tanja atmete tief ein und aus. Mit beiden Händen fasste sie den Wagenheber, den sie mit einem geradezu zärtlichen Blick ansah. Sie holte aus. Schlug zu. Einmal. Zweimal. Wieder und wieder. Thomas rührte sich nicht mehr, als Tanja den Stecker der elektrischen Heckenschere in die Steckdose presste.

Heiligabend, 23.52 Uhr:
Das Zittern kam nach dem Aufprall. Ihr Körper schüttelte sich wie der eines Parkinson-Patienten. Die Scheinwerfer leuchteten einen großen, weißen Schneehaufen aus, der Wagen war mit der Front gegen den Begrenzungspfosten geprallt. Tanja wollte sich wieder in den Griff bekommen. Sie war unverletzt. Es war nicht wirklich etwas Ernstes passiert. Eine Beule in der Motorhaube vielleicht. Egal. Sie versuchte, den Wagen zurückzusetzen und auf die Straße zurückzulenken. In diesem Moment kam das Brüllen aus dem Heck. Von dorther, wo ihre Fracht lag. Thomas war nicht tot! Sein Schrei ging ihr durch Mark und Bein. Ihr wurde schlecht. Alles ist kaputt, dachte sie. Mein Plan. Mein Leben.

Heiligabend, 21.15 Uhr:
In einem Ton, der viel zu zart für die gewaltige Erscheinung schien, surrte die Heckenschere vor sich hin. Die Messer der vielzahnigen Schneide rotierten rasend schnell, so, als empfänden sie geradezu Vorfreude auf das, was kommen sollte. Tanja setzte die Heckenschere an, schnitt damit in eine der Decken,

die Thomas' leblosen Körper umhüllten. Die Messer fraßen sich in den Stoff der Decke. Sie schnitt nicht tief. Sie konnte nicht. Nahm den Finger vom Griff und schaltete die Heckenschere aus. Es musste auch so genügen. Sie zog den Stecker und brachte die Heckenschere zurück in die Garage. Dann sprintete sie wieder ins Haus, ging ins Schlafzimmer, versuchte sich zu beruhigen, zog das leblose Bündel an den Stricken vom Bett, die Treppen hinab in die Garage und wuchtete es mit einiger Mühe in den Kofferraum des Jeeps. Sie war stark. Danach sorgte sie im Schlafzimmer für Ordnung. Das Schwierigste war jetzt, Ruhe zu bewahren. Sie wollte warten, bis sie sicher sein konnte, dass da draußen niemand mehr ihren Weg kreuzen würde. Noch zwei Stunden, dann wollte sie sich mit ihrer Fracht auf den Weg machen.

Heiligabend, 23.53 Uhr:
Blanke Angst hatte sich ihrer bemächtigt. Ihr Fuß auf dem Kupplungspedal zuckte unkontrollierbar. Tanja würgte den Motor ab. Hinter ihr erklang ein Brüllen und Schreien, das wenig Menschliches an sich hatte. Panik im Blick, starrte sie fassungslos ins Heck. Thomas lebte. Sie war nicht gründlich genug gewesen. Zitternd versuchte sie, den Sicherheitsgurt zu lösen, doch jede Kraft hatte ihren Körper verlassen. Plötzlich hörte sie ein schabendes Geräusch. Irgendwie hatte Thomas sich aus den Stricken und Decken befreit. Sein zerschundenes Gesicht tauchte auf, eine Fratze, entstellt und wie vom Wahnsinn verzerrt. Sie öffnete die Tür des Jeeps und wollte fliehen. Zu spät. Eine blutverschmierte, grotesk angeschwollene Hand griff nach ihr.

13. Juni 2012:
Gefangen. Das war sie. Für immer. Thomas würde sie nicht mehr schlagen, so viel war sicher. Er konnte es nicht mehr. Die Vorgänge jener Weihnachtsnacht hatten seinem Körper zuge-

setzt. Dass er überhaupt überlebt hatte, glich einem Wunder. Tanja schob den Rollstuhl, in dem Thomas saß, dem sie mit dem Wagenheber die Beine und den größten Teil des Körpers zerschlagen hatte. Thomas würde für immer ein Pflegefall bleiben. Und sie seine Pflegerin. Das Schicksal hatte es so bestimmt. Das Schicksal und Thomas. Sie wuchtete den Rollstuhl über einen Feldweg. Kraft hatte sie. Er wollte spazieren gefahren werden. Der Frühsommer ließ sich gut an. Ein stabiles Hoch. Seit Wochen schon. Welcher Kontrast zu jener Weihnachtsnacht, in der alles aus dem Ruder gelaufen war. Sie schob den Rollstuhl langsam voran. Thomas hatte sie in der Hand. Noch auf jener verschneiten Landstraße hatte er ihr das klargemacht. Er würde nicht zur Polizei gehen. Würde sie nicht verraten. Seine Rache war viel schlimmer. Sie war ihm ausgeliefert, war seine Pflegekraft, seine Sklavin. Sie konnte sich nicht wehren, denn die Alternative wäre das Gefängnis. Bis dass der Tod uns scheidet, dachte sie bitter.

TIL BAUER

Bombenstimmung an Heiligabend

„Kommet, ihr Hirten, ihr Männer und Fraun, kommet, das liebliche Kindlein zu schaun …“ Die Gemeinde sang kräftig das Lied vor der Predigt.

So gehört sich das für Heiligabend, dachte Silvia Krause. Als Pfarrerin saß sie in der ersten Bankreihe. Ihren Talar trug Silvia nun schon 21 Jahre, davon neun in dieser Gemeinde. Die Kirche lag in Stuttgart in einem gutbürgerlichen Viertel, an dessen Rand sich ein paar Häuserzeilen sozialen Wohnungsbaus anschlossen. Silvia mochte diese Mischung der Milieus. Die Kirche aus Sichtbeton aus den Sechzigerjahren hatte die Form eines Zeltdaches. Die Decke stieg zum Altar an, sie war mit Holz verschalt. An der Wand hatte Elektromeister Huber ringsum eine Lichterkette mit Christbaumkerzen installiert, die den Kirchenraum in stimmungsvolles Licht hüllte.

Am Ende der ersten Strophe erhob sich Silvia langsam und blieb kurz stehen. Der schwarze Talar passte ihr wieder besser. Noch in den Sommerferien hatte die 52-Jährige vorgehabt, ihn weiten zu lassen. Sie konnte die Finger nicht von der Schokolade lassen. Mittlerweile hatte sie sich besser unter Kontrolle. Silvia wollte für Jens wieder attraktiver sein. Seit fünf Jahren waren sie verheiratet. Natürlich hatte Jens als freischaffender Architekt viele Termine, aber sie verloren sich gerade etwas aus den Augen.

Sie blickte nach links zum Weihnachtsbaum. Ihre Anregung, den Ständer mit einem grünen Tuch zu verhüllen, war offensichtlich von der Mesnerin aufgenommen worden. An den schlichten Strohsternen und der Lichterkette würden alle ihre Freude haben. Silvia machte die ersten Schritte in Richtung Kanzel, nicht zu schnell, nicht zu langsam, sie wollte natürlich erscheinen. Trotz aller Berufserfahrung hatte sie an Heiligabend immer noch ein flaues Gefühl im Bauch. Sie stieg die Stufen zur Kanzel hinauf. Ihr Blick schweifte durch die volle Kirche. Die 300 Sitzplätze waren alle besetzt, einige Besucher standen sogar. Sie genoss die Atmosphäre.

„Lasset uns sehen in Bethlehems Stall, was uns verheißen der himmlische Schall …"

Silvia freute sich jetzt selbst auf ihre Predigt. Gestern Abend hatte sie sie noch einmal Jens vorgetragen.

„Ja, das gefällt mir sehr gut. Deine Worte werden den Menschen Geborgenheit vermitteln. Und wenn dann am Ende noch alle eine Kerze in die Hand bekommen, dann kann nichts mehr schiefgehen." Wenn Jens ihr sein Okay gab, war sie sicher, dass sie gut ankommen würde.

Auf der Kanzel klappte Silvia ihren Ordner mit der Predigt auf. Wie immer hatte sie ihn vor dem Gottesdienst auf die Kanzel gelegt. Diesmal aber lag auf ihrem Manuskript ein Brief. Ihr Atem stockte, als sie las: *An Pfarrerin Krause – Bombendrohung – sofort öffnen.*

Was sollte das? Wer machte so etwas? Wie kam der Brief hierher? Silvia fühlte, wie Angst in ihr hochstieg. Während der Gottesdienstvorbereitungen hatte jeder die Möglichkeit, in der Kirche frei herumzugehen. Da konnte leicht jemand einen Brief unbeobachtet in ihren Predigtordner legen. Silvia nahm mit zittrigen Händen das Kuvert, riss es auf und entfaltete den Brief. Nur gut, dass das Lied noch immer andauerte.

Das ist eine Bombendrohung, las sie für sich. *Ich habe in der Kirche eine Bombe deponiert. Über eine Anlage höre ich alles, was Sie in der Kirche sprechen. Sie werden jetzt meinen Brief öffentlich vorlesen, sonst wird die Kirche in die Luft gesprengt!*

Vielleicht blufft da einer, versuchte Silvia sich selbst zu beruhigen. Aber plötzlich fiel ihr das Attentat auf die christlich tamilische Gemeinde an Weihnachten letzten Jahres in Kurinjipadi in Südindien ein. Fieberhaft dachte sie nach. Und mit einem Male wurde ihr bewusst, dass an ihr womöglich das Heil der gesamten Gottesdienstgemeinde hing – oder war das ein vermessener Gedanke? Plötzlich fühlte sie sich trotz der vielen Menschen um sich herum einsam auf ihrer Kanzel.

„Nun soll es werden Frieden auf Erden, den Menschen allen ein Wohlgefallen. Ehre sei Gott!" Die letzten Töne des Liedes erklangen.

Die Mesnerin löschte wie vereinbart das Licht im Kirchenschiff. Alle Augen richteten sich nun erwartungsvoll auf sie.

Auf keinen Fall darf Panik ausbrechen, fuhr es ihr durch den Kopf. Ich kann der Gemeinde unmöglich von der Bombendrohung erzählen. Quälend lange Sekunden brachte sie kein Wort heraus.

„Liebe …", Silvias Stimme klang brüchig. Sie räusperte sich.

„Liebe Gemeinde! Sie fragen sich sicherlich", ihre Stimme wurde wieder fester, „Sie wundern sich, warum ich gerade so lange geschwiegen habe. Aus Gründen, die ich jetzt nicht näher erläutern kann, sehe ich mich gezwungen, Ihnen statt meiner vorbereiteten Predigt einen Brief vorzulesen."

Silvia hielt kurz inne, atmete einmal tief durch, dann begann sie: „Sie sind heute, am 24. Dezember, in die Kirche gekommen. Sie wünschen sich ein besinnliches Weihnachtsfest. Dabei ist die ganze Geschichte verlogen! Sie glauben, heute die Geburt Jesu zu feiern. Dabei ist Jesus gar nicht am 24. Dezember geboren! Niemand weiß, wann er wirklich auf die Welt gekommen ist.

Das Datum wurde erst Anfang des 4. Jahrhunderts festgelegt. Die Geburt Jesu ist also verlogen. Aber nicht nur das ist im Christentum eine Lüge. Das zeigt sich auch heute Abend."

Während ihrer Predigt hielt Silvia normalerweise Blickkontakt mit der Gemeinde. Heute war ihr überhaupt nicht danach, den Blick zu heben.

„Weihnachten ist das Fest der Familie", trug sie weiter vor. „Die Familie braucht einen ganz besonders Schutz. Deshalb gibt es das sechste Gebot: Du sollst nicht ehebrechen."

Ihr Blick überflog die nächsten Zeilen. Sie traute ihren Augen nicht, was sie da für sich las: *Liebe Weihnachtsgemeinde! Ich sehe meine Aufgabe darin, Ihnen allen mitzuteilen, dass die Ehe unserer Pfarrerin verlogen ist. Ganz besonders ist der Ehemann verlogen, denn er hat ein Verhältnis mit meiner Frau. Ich muss offensichtlich der Pfarrerin erst die Augen öffnen. Bekommt sie überhaupt etwas vom Leben mit oder schaut sie bewusst weg? Aber abgesehen davon: Hat ein Pfarrersehepaar nicht als Vorbild zu leben?*

Silvia schoss das Blut in den Kopf. Diesen Text konnte und wollte sie der Gemeinde nicht vorlesen. Alles ging ihr auf einmal durch den Kopf: Die Bombe, der Weihnachtsgottesdienst, die Beziehung zu Jens. Sie suchte seinen Blick. Da saß er in der Mitte der dritten Reihe. Er blickte sie verunsichert an und machte eine Geste wie: Kann ich dir irgendwie helfen? Ihre Füße zitterten. Sie schüttelte hilflos den Kopf in seine Richtung.

Jetzt bleib ganz ruhig!, dachte sie und schluckte trocken durch. Dann sagte sie laut zur Gemeinde:

„Wenn ich jetzt weiterlese, dann stelle ich mehrere Menschen bloß. Das ist nicht meine Absicht. Wenn ich nicht weiterlese, laufe ich Gefahr, dass hier drinnen etwas Schlimmes passiert. Ich gehe mal davon aus, dass nichts geschehen wird, solange wir hier reden. Möchte jemand etwas sagen?"

Nach einer Weile stand Herr Müller, der Laienvorsitzende der Gemeinde, auf: „Frau Krause, was soll denn hier passieren?"

Ein anderer erhob sich: „Es kann sehr viel passieren. Vielleicht werden wir alle bedroht!"

„Nein", erwiderte eine Frau. „Das ist doch nur einer ihrer kreativen Tricks, um die Predigt spannender zu machen."

Silvia überlegte fieberhaft, wo denn die Bombe versteckt sein könnte. Dabei musste sie immer wieder zu dem grünen Tuch unter dem Weihnachtsbaum blicken. Zeichneten sich da nicht die Umrisse eines Kartons unter dem Tuch ab? Sie glaubte, ein leises Ticken zu hören.

Die Stimme der Mesnerin riss sie aus ihren Überlegungen: „Frau Krause, wir haben ein Recht darauf, die Wahrheit zu erfahren!" Die Mesnerin war immer so neugierig.

„Ja, liebe Gemeinde!", fuhr Silvia fort. „Mit der Wahrheit ist das so eine Sache. Es gibt aller Wahrscheinlichkeit nach jemanden, der unseren Gottesdienst von außen mithört. Lieber Unbekannter!", Silvia hatte das Gefühl, ein Phantom anzusprechen, „Ich verstehe Ihre Kränkung. Wenn Sie recht haben mit dem, was Sie hier schreiben, habe auch ich allen Grund, gekränkt und enttäuscht zu sein. Ich möchte aber eine solche Angelegenheit nicht öffentlich auf der Kanzel verhandeln, und schon gar nicht am Heiligen Abend. Andererseits, wenn Sie jetzt nicht reagieren, kann ich nicht anders, als Ihren Brief weiter vorzulesen. Das macht die Situation aber für Sie und auch für mich nicht einfacher. Denken Sie doch bitte auch an die vielen Menschen hier. Also … dann … es wäre hilfreich, wenn Sie sich irgendwie bemerkbar machen würden." Silvia machte eine Pause. „Gut, dann lese ich jetzt weiter."

Sie nahm jetzt den Brief langsam in die Hand. „Liebe Weihnachtsgemeinde! Ich sehe meine Aufgabe darin, Ihnen allen mitzuteilen, dass …"

In diesem Augenblick wurde die Kirchentüre aufgerissen. Ein Mann stürzte an der Mesnerin vorbei und rannte auf die Kanzel zu. Er war rot im Gesicht, die Haare standen ihm zu Berge. Silvia erkannte ihn augenblicklich: Den Mann, der ihr letzten Sonntag bei der Verabschiedung an der Kirchentür seine kühle, feuchte Hand entgegengestreckt und sie dabei nicht angeschaut hatte.

„Stopp!“, schrie er atemlos in Silvias Richtung. Dann drehte er sich um, rannte zum Weihnachtsbaum, riss das grüne Tuch vom Ständer und beugte sich über ein Paket. Die Gemeinde erstarrte in gespannter Erwartung.

Silvia stieg mit wackligen Beinen von der Kanzel und näherte sich von hinten dem Attentäter. Ihr Herz klopfte bis zum Hals. Schweiß brach aus ihren Poren. Mit zitternden Händen öffnete der Mann das Paket, ähnlich einem Schuhkarton. Silvia erblickte über seiner Schulter einen Wecker, der mit vielen bunten Schnüren verbunden war.

Waren das die Kabel, die Verbindung zum Zeitzünder der Bombe, damit sie jetzt explodierte?, schoss es ihr durch den Kopf.

Silvia blickte zur Gemeinde. Diese war gespenstisch ruhig. Sie bemerkte, dass Jens aufstand und auf sie zugehen wollte, aber er stoppte, als er den Ausdruck in ihren Augen sah.

Währenddessen ging der Bombenleger langsam durch die Kirche zum Ausgang. Den Karton mit der gefährlichen Fracht hatte er sich unter den rechten Arm geklemmt. In der offenen Kirchentüre drehte er sich noch einmal um und rief: „Es sollte eine Warnung für meine Frau sein! Es bestand nie eine Gefahr! Die Bombe war nicht scharf!“

Silvia atmete auf. Konnte sie jetzt einfach den Gottesdienst weiterführen? War die Gefahr vorüber?

Noch während sie darüber nachdachte, hörte sie von draußen eine gewaltige Detonation. Die schweren Kirchentüren hoben sich aus den Angeln und flogen in tausend Splittern durch die Luft.

BRITT REISSMANN

„Oh Tannenbaum"

Wenn Bertram Finkbeiner gefragt wurde, weshalb er seine Frau getötet hatte, pflegte er mit den Schultern zu zucken und zu antworten: „Ich habe sie gar nicht getötet. Höchstens ein bisschen nachgeholfen. Und eigentlich nicht mal das." Nachdrücklich hatte er das zunächst gegenüber den Schutzpolizisten behauptet, danach bei der Kripo wiederholt, daraufhin beim Staatsanwalt und schließlich vor dem Haftrichter. Heute sagte er es zu seinen beiden Zellengenossen.

„Erzähl das deinem Friseur." Edgar Wuerger, der getreu seinem Namen einer Frau in Kornwestheim bis zur Bewusstlosigkeit die Gurgel zugedrückt hatte und der von allen Insassen nur „Der Würger von Pattonville" genannt wurde, musterte ihn spöttisch. „Für ‚eigentlich nicht mal nachgeholfen' fährt man nicht in Stammheim ein."

„Denkst du falsch, Würger, bin isch auch unschuldig und sitze in Scheißknast", sagte Ali Özkurt, während er mit einer unkontrollierten Handbewegung den Tabak vom Tisch fegte. Er litt an Schüttellähmung und versuchte seit einer halben Stunde, sich eine Zigarette zu drehen. Eigentlich hätte er sofort nach Erlass des Haftbefehls in das Justizvollzugskrankenhaus Hohenasperg eingewiesen werden sollen, doch leider war dieses voll bis unters Dach. So hatte man ihn bis auf Weiteres in der Zelle von Bertram und Edgar untergebracht, die nicht gerade begeistert davon waren, einen dritten Skat-Kumpel zu bekommen, der ständig die Karten fallen ließ und sie beim Mischen in alle Himmelsrichtungen verteilte.

„Du hast deine Frau erstochen, Ali, und behauptest, du wärst unschuldig?", lachte Wuerger.

„Korrekt, Alder. Aber blickt nicht Arschnloch von Haftrichtern, dem schwule Spast!"

Wuerger schaute nun von Özkurt zu Finkbeiner. „Und wenn du unschuldig bist, warum hast du dann beim Haftrichter keine Angaben gemacht?"

„Mein Anwalt hat mir davon abgeraten", seufzte der. „Er meint, die Wahrheit würde mir eh kein Mensch glauben."

„Mich auch glaubt kein Mensch, ich schwör." Özkurt sammelte zum zwanzigsten Mal den Tabak vom Boden auf und streute ihn teils auf das Zigarettenpapier, teils großzügig daneben. „Wollte stechen Scheiß-Messer in Weihnachtsgans, aber Scheiß-Krankheit hat gemacht, dass ich stech Scheiß-Messer in Ayse, weisstu wie isch mein? Stand direkt daneben."

Rein zufällig hatte Özkurt seine Frau wenige Tage zuvor in flagranti mit seinem besten Freund Orhan erwischt. Bei diesem hatte Özkurts Schüttellähmung zu einer gebrochenen Nase und zwei ausgeschlagenen Zähnen geführt.

Wuerger ignorierte Özkurt, so gut es ging; dieser Fall war für ihn klar. Was Finkbeiner betraf, war er jedoch neugierig geworden.

„Wie ist deine Frau denn nun … also gut, sagen wir … gestorben?"

Finkbeiner schwieg eine Weile. Er starrte auf den wackeligen Resopaltisch, auf dem ein künstlicher Adventskranz vor sich hin staubte.

„Wollt ihr die Geschichte wirklich hören?"

Beide nickten. Das heißt, bei Özkurt war es ein Gemisch aus Nicken und Kopfschütteln, aber die Absicht war erkennbar.

Finkbeiner beobachtete, wie dicke Schneeflocken vom Himmel schwebten und die Fenstergitter allmählich in ein Geflecht von Zuckerstangen verwandelten. Vor drei Tagen hatte es ebenso geschneit, und er hatte sich auf einen gemütlichen Feierabend gefreut. Doch hatte er seine Rechnung ohne Gundel gemacht.

Es war der Tag vor Heiligabend. Er hatte sich in seinem Lieblingssessel ausgestreckt, die Landesschau eingeschaltet, und wollte gerade ein Hofbräu öffnen, als seine Frau sich vor ihm aufbaute. „Wia kaosch du die jetzat uffs Soffa nahogga, wo mir no emmer koin Grischdbohm hennd!"

Finkbeiner seufzte. Es war jedes Jahr dasselbe Drama. Die letzten Tage waren sie jeden Abend unterwegs gewesen, von einem Verkaufsplatz zum anderen gefahren, aber Gundel war einfach mit nichts zufrieden. Die Bäume waren ihr entweder zu mickrig, zu krumm oder zu teuer; dabei musste es natürlich unbedingt eine Nordmanntanne sein. Die war so kurz vor Heiligabend sowieso nirgends mehr zu einem bezahlbaren Preis zu bekommen. Aber Gundel war stur – übrigens nicht nur, was die Wahl des Weihnachtsbaums anging.

„Ich hol morgen früh einen, da krieg ich ihn zum Schleuderpreis."

„Ha, morga friah griagsch bloos no an wiaschda Besa." Nachdrücklich stampfte Gundel mit dem Fuß auf. „Du gosch iatzt d'Schdaffel na, holsch d' Aggschd ausm Schöpfle ond noa fahra mer zom Pfaffawald."

„Du weißt schon, dass es illegal ist, einen Baum im Pfaffenwald zu schlagen." Finkbeiner war eigentlich klar, dass dieses Argument nicht zog. Wenn Gundel dieses Glitzern in den Augen hatte, war jeder Widerspruch zwecklos. Er griff resigniert zur Fernbedienung und schaltete den Fernseher aus.

Sie hatten also die Axt aus dem Keller geholt, waren in den alten VW gestiegen und losgefahren. Die gesamte Fahrt über keifte Gundel abwechselnd über den Zustand der Straßen und den des Autos. „Dr Aschabechr häd scho längschd amoal wiadr glärd ghörd!" Weil Finkbeiner in der Wohnung nicht rauchen durfte, verzog er sich zu diesem Zweck ins Auto. „Dr Kofferraum isch dreggad, dass grad dr Sau graust!" Finkbeiner hatte am Vortag Kies transportiert und ein Sack war kaputtgegangen.

Auch ihr „Haiz ned so, mr hend koi ABS!" ignorierte er geflissentlich, denn er wollte spätestens zur Sportschau wieder in seinem Sessel sitzen und ein Hofbräu schlotzen.

Sie stellten den VW auf dem Parkplatz am Oberen Kirchhaldenweg ab und gingen in den Wald. Gundel forsch voran, Finkbeiner mit der geschulterten Axt hinterdrein. Wenn er gedacht hatte, er könne geschwind ein Bäumchen schlagen und auf dem schnellsten Weg nach Hause fahren, so war das ein frommer Wunsch gewesen, denn das Motto „Einem geklauten Gaul schaut man nicht ins Maul" galt vielleicht für den Rest der Welt, nicht aber für eine schwäbische Hausfrau. Zu klein, zu krumm, zu ausgedünnt – selbst im Wald fand Gundel keinen Baum, der ihren Ansprüchen genügen konnte.

Als Finkbeiner ihr eine perfekte Fichte vorschlug, dicht und geradezu wie aus dem Bilderbuch, wurde er mit einem vernichtenden Blick bedacht. „I hann gsagd, mr holed a Danna, ond des isch a Ficht. Moinsch aigendlich i be bleed? Heidanei, der Moa ziagd koi Wurschdhaud vom Deller."

Auch sein nächster Vorschlag, der schon etwas kleinlauter kam, wurde gnadenlos mit den Worten „Där wär erschd rächd, wenn mern oba ond onda asägd ond d'Midde fordschmeissa dät!" abgeschmettert.

Als er schließlich so durchgefroren war, dass er seine Finger und Zehen nicht mehr fühlen konnte, blieb sein Weib vor einer Dreimetertanne stehen und klatschte in die Hände. „Der ischs!"

„Das kann nicht dein Ernst sein", stöhnte Finkbeiner. „Der passt doch gar nicht ins Wohnzimmer. Soll ich vielleicht ein

Loch in die Zimmerdecke bohren, dass unser Nachbar von oben auch noch was von unserem Tannenbaum hat?"

„Schwätz koi Blech", meinte Gundel lapidar, „guck doch, wia schee der gwachsa isch. Dän sägad mr scho so noa, dassr end Schduab bassd!"

Finkbeiner wusste sehr genau, dass das „wir" rein rhetorisch gemeint war. Er allein würde den nächsten Vormittag damit zubringen, die Tanne passgenau zurechtzustutzen, und er wäre jetzt schon jede Wette eingegangen, dass er auch das seinem Weib nicht würde recht machen können. Zugegeben, er hatte den Bruchteil einer Sekunde daran gedacht, ihr einfach die Axt über den Schädel zu ziehen, sich aber dann im letzten Moment zu beherrschen gewusst und seinen Frust an der Tanne ausgelassen.

Als der Baum schließlich im Schnee lag, standen beide etwas betreten daneben und überlegten, wie sie weiter verfahren sollten.

„Gundel", sagte Finkbeiner, „diese Monstertanne kriegen wir ums Verrecken nicht ins Auto!"

„A wa, mir klabbad oifach dr Ricksitz om ond ladad an durch."

Er wusste von vornherein, dass das nicht funktionieren würde, aber das musste er ihr schon beweisen, vorher würde sie keine Ruhe geben. Tatsache war, dass sie auch den Beifahrersitz umklappen mussten und die Baumspitze immer noch aus dem Kofferraum ragte.

„Noa lassa mr äba da Deggel offa." Für Gundel schien das alles kein Problem zu sein.

Nun standen sie etwas ratlos vor dem Auto, weil auf dem Beifahrersitz niemand mehr sitzen konnte.

„So geht das nicht, wie willst du denn nach Hause kommen, zu Fuß vielleicht?", fragte Finkbeiner und konnte ein gehässiges

Grinsen nicht unterdrücken. Doch auch dafür hatte Gundel eine Lösung parat.

„I leg mi oifach midm Bohm henda nei“, schlug sie vor, „meine Haxa koa i oba uff die omklabbd Rickbank lega. Des isch sogar ganz gschiggd, weil i so da Bohm beim Fahra feschdheba koa, dassr ned naushageld. Du farsch joa emmer wiad Sau. Ond an ebbes zom Feschdbenda hosch au ned dengd!“

Du aber auch nicht, dachte Finkbeiner, doch das sagte er lieber nicht laut.

„Krass, Alder!“, sagte Özkurt und fingerte ein neues Zigarettenpapier aus der Packung, nachdem er das erste versehentlich zerrissen hatte. „Würde Ayse nie machen, isch schwör. Obernkrasse Tuss, dein Gundel!“

„Das würdest du nicht sagen, wenn du zwanzig Jahre mit ihr verheiratet wärst“, erwiderte Finkbeiner. „Aber jetzt dreh deine Fluppe und hör zu.

Als Baum und Weib verstaut waren, machten wir uns auf den Heimweg. Hinter mir bruddelte Gundel, dass der Baum pieksen und der Kies sie drücken würde. Ich hab noch boshaft gedacht, dass ihr das ganz recht geschieht, schließlich hatte sie mir die Geschichte eingebrockt. Wenn ich da schon geahnt hätte, was noch auf mich zukommt!

Okay, vielleicht war ich ein bisschen schnell unterwegs, ich wollte mit der illegalen Fracht möglichst geschwind nach Hause, ist ja klar. Außerdem fing die Sportschau gleich an. Gundel keifte die ganze Zeit im Kofferraum, dass ich langsamer fahren soll, sonst würde sie noch samt dem Baum aus dem Auto fallen. Ich war inzwischen gestresst bis zum Anschlag, also hab ich das Autoradio aufgedreht, damit ich ihr Gebruddel nicht mehr hören musste. Die Regensburger Domspatzen beschallten mich mit *Oh Tannenbaum*, das war zu viel für mich, und ich suchte einen neuen Sender. Schließlich fand ich *Highway to hell*, was viel besser zu meiner Stimmung passte. Als Gundels Gekeife noch lauter wurde, weil ihr die Musik nicht gefiel, schob ich den Regler auf volle Lautstärke, und als wir auf die Bergheimer Steige einbogen, trat ich das Gaspedal bis zum Anschlag durch."

„Lass mich raten, sie ist an der Musik gestorben wie die Aliens bei *Mars Attack*", feixte Wuerger, aber Finkbeiner gebot ihm mit einer Handbewegung zu schweigen.

„Warte ab, jetzt kommt's. Mitten in der Kurve, genau da, wo rechts die Saufangallee abgeht, springt mir plötzlich dieser Rehbock vor den Wagen. Ich steig instinktiv voll auf die Klötzer, und denk in dem Moment natürlich nicht an Gundel im offenen Kofferraum."

„Hättest du mal draufgehalten, dann hättste gleich noch einen Weihnachtsbraten gehabt", sagte Wuerger und kratzte sich an seiner Männlichkeit, über der – wie Finkbeiner aus dem Duschraum wusste – in großen, kunstvoll tätowierten Lettern „Hells bells" geschrieben stand.

„Naja, ich komm ins Schleudern, drehe mich wie ein Brummkreisel auf der Straße, und während ich noch die alte Karre ohne ABS quer zur Fahrbahn und mit dem Heck zum Wald zum Stehen bringe, sehe ich im Rückspiegel, wie meine Frau mitsamt dem Baum aus dem Kofferraum flutscht, wie eine Hexe auf dem Besen, und den Hang runterhagelt. Der Rehbock springt hinterdrein. Es hat eine gefühlte Ewigkeit gedauert, bis ich endlich den Sicherheitsgurt offen hatte; das hätte wahrscheinlich sogar Ali schneller geschafft. Als ich schließlich am Straßenrand ankam und die Böschung runterschaute, sah ich Gundel reglos da unten liegen, über ihr die Nordmanntanne, und ihr ganzer Kopf schwamm im Blut, als sei sie mit dem Schädel auf einem Stein aufgeschlagen."

„Saubere Sache." Wuerger nickte anerkennend. „Mit der Nummer kannst du zum Zirkus gehen."

„Ich sag doch, dass mir das kein Mensch glaubt. Hätte gleich die Polizei rufen sollen, die hätten den Unfallhergang anhand der Bremsspuren rekonstruieren können. Aber ich Idiot bin heimgefahren und hab zwei Stunden überlegt, was ich mache, bevor ich die Bullen geholt habe. Inzwischen hatte es wie verrückt geschneit und die Bremsspuren waren unbrauchbar geworden."

„Scheißndreck!" Özkurt leckte das Zigarettenpapier an – das heißt, er versuchte es – schob aber mit der Zunge lediglich den Tabak wieder heraus. „Und nun hasch konkret immer noch kein Weihnachtsbaum gehabt, Alder."

„Na ja, selbst wenn der Richter dir die Geschichte abnimmt, bist du mindestens wegen Fahrerflucht dran", überlegte Wuerger.

„Ich wollte Hilfe holen, wirklich. Aber meine Hände haben das Auto wie von selbst nach Hause gelenkt. Bin grob geschätzt vierzig Runden um das Telefon geschlichen und hab überlegt, wen ich anrufen und was ich sagen sollte. Mir war klar, dass sie tot ist. Man sieht so was doch. Sie hat sich nicht mehr bewegt. Und das viele Blut. Irgendwann hab ich die Polizei angerufen und gesagt, dass es einen Unfall gegeben hat." Die sind dann hingefahren, und später kamen zwei, die mich abgeholt haben."

„Versteh trotzdem nicht dem Gansn, warum du bist wegen Mord hier."

„Ich auch nicht", erwiderte Finkbeiner. „Aber die Bullen sagen, es kann kein Unfall gewesen sein, denn Gundel wäre nicht an einem Schädelbruch oder inneren Verletzungen verstorben, sondern an einem Kopfschuss. Aus einem Jagdgewehr. Wie soll das gegangen sein? Ich habe gar kein Jagdgewehr, aber natürlich denken die, ich hätte es irgendwo entsorgt. Wahrscheinlich suchen die Taucher schon den Neckar danach ab. Die haben mich ausgelacht, weil ich einen Unfall vorgetäuscht hätte, wo mir doch hätte klar sein müssen, dass bei der Obduktion die Kugel in null Komma nichts gefunden wird."

„Scheißndreck", murmelte Özkurt leise, während er mit glasigem Blick durch Finkbeiner hindurchschaute.

„Ich hab absolut keinen Plan, wie die in ihren Kopf gekommen ist. Vielleicht war die schon immer dort, dann wüsste ich wenigstens, warum die Alte so neben der Kapp war. Sag mal, Ali, geht's dir nicht gut?"

Özkurt war kreidebleich geworden; die Zunge, mit der er eben noch das Zigarettenpapier befeuchten wollte, hing aus dem Mund. Feine Schweißperlen traten auf seine Stirn. Verunsichert schaute Finkbeiner Wuerger an.

„Hat der vielleicht einen Anfall, sollen wir den Arzt rufen?"

„Kacke, Mann, ich kenn mich auch nicht aus mit Parkinson. Sag doch was, Alter!" Wuerger stürzte auf Özkurt zu und schüttelte ihn unnötigerweise.

Doch der winkte ab.

„War isch auch Pfaffenwald Tag vor Heiligabend", stammelte er schließlich. „Wo sisch treffen Saufangallee und Bergheimer Steige. Nur nicht oben an Straße, sondern unten in Wald."

„Du warst auch dort?", staunte Finkbeiner. „Warum denn das?"

„Korrekt. Weil Ayse wollte an Feiertag Rehbraten. Blöde Tuss, alle Welt isst Gans, aber Ayse will Reh. Sagt zu mir, gehstu Pfaffenwald, nimmstu Jagdgewehr und kommst zurück mit Reh. Ayse, sag ich, darf man nicht schießen Reh in Pfaffenwald. Scheiß mir egal, sagt Ayse, von Reh ganze Familie wird satt. Sparen wir Geld für Weihnachtsbraten, kannstu mir kaufen endlich Pelznmantel beim Breuninger." Özkurts Hände zitterten so stark, dass kein Krümel Tabak mehr im Zigarettenpapier lag.

„Geh ich also Wald mit Gewehr, damit Weib gibt Ruhe und kriegt Scheiß-Pelznmantel. Und als ich an Stelle bin, wo Saufangallee stößt auf Bergheimer Steige, hör ich lautes Krachen und

Poltern oben von Straße, und da springt Rehbock aus dem Busch. Dem krasseste Bock ubernhaupt. Dem fick isch, denk isch, reiß Knarre hoch und abdruck. Aber war zu schnell dem Bock. Hab isch nicht getroffen, war schon dunkel und dann Scheiß-Schüttellähmung, raffstu des?" Özkurt warf einen flehenden Blick zu Finkbeiner, auf dessen Gesicht sich allmählich ein debiles Grinsen ausbreitete.

„Du hast den Rehbock nicht getroffen?", fragte er überflüssigerweise.

„Korrekt, deswegen hat's ja dem Gans gegeben", stammelte Özkurt.

„Aber du hast Gundel erwischt", stellte Finkbeiner fest, inzwischen über alle Backen strahlend. „Mit einem sauberen Kopfschuss."

„Isch schwörs dir, Alder, hab nicht gesehen kein Gundel", flehte Özkurt. „War scheißndunkel und Schneefall und Gebusch überall, ohn Scheiß. Schnell bin gerannt hinter Rehbock, dachte vielleicht isch verwundet und erwisch ihm noch."

Einige Sekunden lang sagte niemand ein Wort. Nur aus Wuergers vorsintflutlichem Kofferradio beschallte ein Kinderchor die Zelle mit Weihnachtsliedern.

Dann ging Finkbeiner langsam, fast feierlich, auf Özkurt zu, schloss ihn in die Arme und drückte ihm einen Kuss auf die Stirn. Er nahm ihm Tabak und Papier aus der Hand und begann, für seinen neuen Kumpel eine Zigarette zu drehen.

ANITA KONSTANDIN

Das leblose Weihnachtsgeschenk

Karin Krönle staunte nicht schlecht. „*Gottle,* das ist ja Olaf Kunze. Der sieht ja ganz zerrupft aus!" Sie warf das Foto auf den Tisch, als würde es gleich um sich beißen. Dummerweise blieb es in der Häkeldecke stecken, sodass Kunzes ramponiertes Gesicht sie weiterhin anschaute. Bloß womit? Augen waren das ja keine mehr, die waren ausgelaufen oder hatten sich *irgendwie* nach innen gekehrt – das Anatomische lag Karin nicht so sehr.

„Tun Sie's doch weg, Herr Kommissar, mich gruselt's."

Sollte der kleine Polizist ihr Händezittern registriert haben, dann ließ er es sich nicht anmerken. Seinen Stecknadelblick hatte er ohnehin dorthin geheftet, wo der Schalkragen ihres jadegrünen Bademantels in der Mitte zusammenlief.

Es war der flauschigste und kuschligste Bademantel aller Zeiten.

„Herr Kommissar, Sie glauben doch nicht etwa, dass irgendwer auf dem Muckensturm irgendwas mit dem Tod von Herrn Kunze zu tun hat?"

Genau das glaubte er.

Nach einer Stunde war Karin wieder allein. Sie zog sich an und toupierte ihr Haar. Seit sie „Frühstück bei Tiffany" gesehen und festgestellt hatte, dass Audrey Hepburn ihr wie aus dem Gesicht geschnitten war, trug sie die Hochfrisur. Zu besonderen Anlässen steckte sie ein Zirkonia-Diadem ins Haar. In gewisser Weise war heute so ein Tag.

Sie schaute aus dem Fenster in den grauen Morgen. Ihr Kommissar stand auf der anderen Straßenseite und sprach mit seinem glatzköpfigen Kollegen, der die Nachbarn drüben befragt hatte. Beide sahen zu ihr herauf, dann schwenkten sie die Köpfe zu Kunzes Haus. Das machten sie dreimal, um ihr zu zeigen, dass sie eine Gedankenbrücke herstellten – von ihrer Person zu dem Toten. Konnte sie was dafür, dass Kunze direkt vor ihrer Nase gelebt hatte?

Mit einem Blick in den Himmel wandte sie sich vom Fenster ab. Bald schneit es, dachte sie. Dann verwandelt sich das Hochplateau in eine zauberhafte, totenstille Siedlung. Ohnehin lebten die Muckenstürmer ruhig und gediegen auf ihrem Cannstatter Hügel. Im Süden und Westen fielen Weinberge steil ins Tal hinab und im Norden erstreckte sich der Hauptfriedhof, der zweitgrößte Gottesacker Stuttgarts. Dazwischen teilten sich 2666 Einwohner – Olaf Kunze bereits abgezogen – eine Tennisanlage, zwei Restaurants, mehrere Gärtnereien sowie diverse Steinmetzbetriebe. Letztere besuchte Karin ganz gern in Mondscheinnächten. Dann stelzte sie auf ihren langen Beinen zwischen namenlosen Grabmalen umher. Streichelte hellen Marmor, tätschelte schwarzen Granit, legte die Wange an rauen Sandstein. Und wie von Zauberhand gemeißelt, erschienen im oberen Drittel der Grabsteine schlichte, weiße Großbuchstaben: OLAF KUNZE – SCHEUSAL VOM MUCKENSTURM.

Und nun war er tot.

Sie machte sich einen Kaffee und tat, was der Polizeibeamte ihr aufgetragen hatte: *Denken Sie nach. Hier ist meine Karte. Rufen Sie an!* Sie fischte die Visitenkarte aus dem Adventskranz: Veysel Özgül, Morddezernat Stuttgart. Zum Nachdenken brauchte sie keine Minute. Sie konnte der Staatsmacht innerhalb einer Sekunde den Täter ans Messer liefern.

Am nächsten Tag erschien der Mordermittler um dieselbe frühe Stunde. Er lehnte am Türrahmen, die Hände in den Hosentaschen. Seine Augen waren ständig in Bewegung. Karin trug ihren Bademantel, den Bindegürtel doppelt geknotet, der Bollen stand weit ab. Als habe sie weiß Gott was hineingeknotet, aber es war wirklich alles nur dicker, kuschliger Frottee. Karin richtete ein Frühstück für zwei. Der Kaffee sauste nur so durch die Maschine und das Frühstücksei hüpfte von allein auf den Löffel, den sie ihm hinhielt, um es aus dem Topf zu heben.

„Eine Tasse Kaffee und ein Ei, Herr Kommissar?"

Er lehnte ab.

Nach einer Weile sprachen sie auch über den *Sandelplatz*.

Baute jemand ein großes Haus, wie Kunze es getan hatte, war ein Kinderspielplatz Pflicht. Karin erwähnte, wie widerwillig er den Sand in die Mulde geschaufelt hatte. Das gesetzlich vorgeschriebene Holzpferdchen drosch er am Schluss regelrecht in den Boden. Es war rot, und auf seinem Rücken hatte noch nie ein Kind gesessen.

„Wie auch, Herr Özgül?"

Kunze hatte ja schon am nächsten Tag rundherum eine Barrikade aus Nato-Draht errichtet. Die Katzen schlüpften unten durch, um ihr Bächlein in den Sand zu setzen, aber die Kinder schnitten sich in die Finger und blieben fort. Später war doch noch mal eins gekommen. Ein elf oder zwölf Jahre altes Mädchen, das seine Puppe über den Zaun geworfen und sich mit beiden Händen die Ohren zugehalten hatte. Nach ein paar Minuten lief es weg, schaute aber über die Schulter zurück, ob die Puppe nicht doch in die Luft flog.

„Aber Landminen hatte Kunze keine darin vergraben", sagte Karin. „Etwas anderes."

Der Kommissar stöhnte leise auf und setzte sich zu ihr an den Tisch. Er hatte einen teuflischen Arbeitstag vor sich, das war Karin klar. Sich ständig mit Verbrechern abzugeben, war kein Zuckerschlecken.

„Was?", fragte er.

„Herr Kommissar, ich will nichts gesagt haben."

In ihrem wadenlangen, jadegrünen Bademantel pendelte sie plaudernd in der Küche umher. Mal holte sie ein Stück Käse aus dem Kühlschrank, mal angelte sie das Salzfässchen aus dem Hochregal. Sie spürte seinen Blick auf ihrem Dekolleté, dort, wo die molligen Frotteekanten in einem tiefen „V" aufeinanderstießen und ansatzweise preisgaben, dass sie sehr wohl eine Oberweite besaß.

Özgül machte sich von jedem ihrer Worte Notizen. Sie sagte einen Satz, und er schrieb ihn auf. Sie sagte noch einmal einen Satz, und er schrieb ihn wieder auf. So ging das endlos. Karin kam gar nicht in ihre Kleider, geschweige denn zu ihrer Hochfrisur. Trank nur Kaffee, löffelte das brave Ei aus und unterhielt sich mit dem Ermittler über Tod und Teufel und natürlich auch über Kunze, was ja dasselbe war.

„Sie glauben, er hatte etwas im Sandelplatz vergraben?" Özgül schob das Kinn vor und kniff die Augen zusammen wie einer, der rechnet oder sich etwas Gemeines ausdenkt.

„Mhm." Sie ließ ihn zappeln.

Das rote Licht an ihrem Mini-Fernseher über dem Kühlschrank sandte ihr ein Zeichen. Sie schwang sich vom Stuhl und legte die DVD *Gemütliches Kaminfeuer* in den Player ein.

Bei den lodernden Flammen war ihr der Bademantel fast zu dick. „Heiß, gell?"

Der Kommissar schmorte weiter.

Es gab eine Sache, über die Karin nie hinweggekommen war. Ein Polizeibeamter konnte damit wenig anfangen, aber wenn er nun schon einmal da war …

„Olaf Kunze nannte mich *h-a-g-r.*“

„Bitte was?“

„*H-a-g-r.*“ Karin deutete mit einer hoffnungslosen Geste auf ihren langen, vermummten Körper. „Er ließ das *e* mit voller Absicht weg, Herr Kommissar. Er stutzte das Wort, um mir klarzumachen, wie wenig er davon hielt, wenn eine Frau so groß und dünn ist, wie ich. So hager!“

Das Feuer knisterte und knackste. Karin drehte ihr Gesicht zum Bildschirm, gleich kam die Stelle, an der das große Holzscheit in der Mitte auseinanderbrach und die Funken nur so stoben. „Schauen Sie nur.“

Doch er hatte nur Augen für sie. Er wartete. Veysel Özgül war ein aalglatter Typ, und es war idiotisch, ihm zu trauen. Sie durfte ihm keinesfalls die Geschichte vom Zeitungsausträger erzählen. Er würde glatt *ihm* den Mord anhängen.

Doch je mehr sie sich die Story verkniff, desto stärker drängte sie hervor. Karin presste die Lippen aufeinander, aber welcher Mensch hält das lange aus? Außerdem saß der Polizist sicher nicht bei ihr, um seine Zeit totzuschlagen. Er hatte Wichtigeres zu tun, er sammelte Fakten.

„Herr Kommissar, ich kann *nur für mich* die Hand ins Feuer legen.“

„Also, schießen Sie los.“

Der Ermittler sah nicht aus, als flatterten ihm bei diesem Fall die Nerven. Seelenruhig hörte er zu und schrieb weiterhin mit. Wie Karin vor zwei Wochen eine Weihnachtskarte für den Zeitungsausträger gekauft hatte. Wie sie damit von einem Olaf-Kunze-Mieter zum andern gegangen war, um ein schönes Weihnachtsgeld für Herrn Weller einzusammeln – weil er ihnen doch im Sommer das Leben gerettet hatte.

„Bitte?“ Der Kommissar schaute auf, er schien nun Feuer zu fangen.

„Im heißen und *trockenen* Monat August", sagte Karin und schilderte, wie die Glut unter der Tanne, auf Kunzes Grundstück, geschwelt hatte. Wie dann das Feuerchen aus dem Gras züngelte und das am Boden liegende Reisig knisternd verspeiste. Die Tanne stand so dicht vor den Balkonen, dass ihre längsten Zweige die Holzbrüstungen streiften. *Gottle,* viel hatte nicht gefehlt.

„Bald hätte das Haus lichterloh gebrannt, Herr Kommissar."

Sie hatte es ja selbst ... sie hatte es ja selbst gesehen, als sie im Morgengrauen aus dem Fenster blickte. Doch der Zeitungsausträger weckte alle auf mit seinem Geschrei und Geklingel: den Kunze, die Hahn, den Rabinowitsch, die Denzler und die Renner. Die Renner rannte als Erste raus, schnappte sich den Gartenschlauch und löschte das Feuer. Kunze riss ihr dann den Schlauch aus der Hand und fuchtelte damit herum, aber da war schon alles erledigt.

„Am nächsten Tag haben sie sich bei Herrn Weller mit einer Schachtel Schnapspralinen bedankt."

Özgüls Miene verfinsterte sich. „Der Zeitungszusteller erhielt also nichts als Pralinen?"

„Aber er ist kein Mörder."

„Wer dann, Frau Krönle?"

„Herr Kommissar, ich war noch bei der Weihnachtskarte."

„Entschuldigung."

Karin nahm den Faden wieder auf. „Ich ließ die Karte herumgehen und erinnerte an Wellers Rettungsaktion. Aber der Sommer war lange her. Die Mieter hatten die Sache schon vergessen. Trotzdem steckte jeder einen Euro-Schein in den Umschlag, außer – Kunze." Sie blähte die Backen. „Bei dem verhungert die Maus im Haus, Herr Kommissar."

Özgül notierte sich alles, schaute ihr hin und wieder ins Gesicht.

Die DVD mit dem gemütlichen Kaminfeuer war die hellste Freude.

„Fast verbrannt wären Kunze und seine Mieter", sagte Karin.

Sie erhoben sich und blickten beide zum Fenster hinaus. Schneeflocken schwebten wie Daunenfederchen herab, als habe Frau Holle mit Herrn Kunze ein Hühnchen gerupft. Der Kommissar lachte. Der Schnee blieb liegen. Schmiegte sich wie auf Stufe eins im Mixer geschlagene Sahne über die Dächer, Sträucher und Straßen.

„Wir bekommen weiße Weihnachten", sagte Karin feierlich. Wenn der Ermittler den Täter schon nicht zu fassen bekam, so sollte er doch wenigstens eine helle und freundliche Umgebung für seine Verbrecherjagd vorfinden. „Schnuckelig sieht der Muckensturm im Schnee aus, nicht wahr?"

Es war sonnenklar, dass Olaf Kunze mit einem *stumpfen Gegenstand* umgebracht worden war. Özgül zog seine dunkelgraue Jacke aus und legte sein Diktafon auf den Tisch neben das Geschenk, das Karin für ihn besorgt hatte, denn morgen war Weihnachten.

„Frau Krönle, unsere Kriminaltechniker sind ganz und gar nicht in Weihnachtsstimmung. Sie arbeiten Tag und Nacht, das sind Spürhunde."

Oho, der Kommissar war auf den *Hund* gekommen. Respekt.

„Haben Sie das Skelett gefunden?", erkundigte sie sich.

„Was?"

„Gestern Abend haben Ihre Leute bei Flutlicht den Sandelplatz auseinandergenommen, das Holzpferd mit seinem Spiralbein liegt jetzt im Schnee wie erschossen."

„Ach, das."

„Nehmen Sie Platz, Herr Kommissar."

Er starrte ihr Geschenk an.

Karin war gedanklich noch beim Spielplatz. Der war mit Flatterband an Stecken umspannt worden, sodass er wie ein kleiner Longierplatz aussah. Nur dass das Pferdchen auf der Seite lag. Karin wünschte, es könnte sich aufrappeln und davongaloppieren.

Özgüls schwarze Augen fragten nach dem *Skelett.*

„Kunzes Mieter Rabinowitsch wollte einen Hund", antwortete sie. „Er schaffte sich einen an und Kunze erschlug ihn. Ich habe es selbst gesehen. Von hier aus." Sie zeigte aufs Fenster. „Er hat ihn im Sandelplatz vergraben, kurz bevor er den Nato-Zaun gezogen hat."

„Es gibt keinen Nato-Zaun auf dem Muckensturm."

„Ist schon eine Weile her, Herr Kommissar." Sie rutschte tiefer in ihrem Stuhl, wobei sich der dicke Flauschkragen ihres Bademantels nicht von der Stelle rührte. So verschwand sie in der Frotteeware wie eine Schildkröte in ihrem Panzer.

Mit dem Hundeskelett hatte sie Özgül eigentlich auf die Sprünge helfen wollen. Denn seit gestern – besser: seit Kunze tot war – besaß Adam Rabinowitsch wieder einen Hund. Sie hatte ihn gesehen, wie er im Neuschnee mit dem weißen Zottel früh am Morgen vom August-Lämmle-Weg in die Einsteinstraße gebogen war.

„Endlich kann er *nun* einen Hund halten", winkte Karin mit dem Zaunpfahl. Ihre Stimme klang durch den Bademantel fremd und gedämpft. „Jetzt, wo Kunze tot ist."

Der Kommissar starrte wieder auf das Geschenk.

Karin hatte in der Brunnenstraße in Bad Cannstatt einen Döner für ihn geholt. Aber er rührte den Teller nicht an. Sein Interesse galt ihrem Bademantel, es war nicht zu übersehen. Dieser Mann war ja grün vor Neid. Wünschte sich *genau* diesen Flauschmantel zu Weihnachten. Er würde ihn aber nicht bekommen. Demonstrativ zog sie den dicken Knoten nach.

„Rabinowitsch kommt nicht infrage", sagte Özgül mit fester Stimme. „Kunze hat ihm die Hundehaltung schriftlich erlaubt."

„Schriftlich!“ Karins Kopf schnellte aus dem Frotteekragen hervor.

„Das Tierheim hat die Unterschrift des Vermieters verlangt und auch bekommen, Frau Krönle.“

Schmollen hatte keinen Wert. Sie waren erst am Anfang der Ermittlungen. Rabinowitsch war also nicht mehr Hauptverdächtiger, war ja auch ein netter Kerl. Karin wandte sich dem Kommissar zu. „Herr Özgül, wir müssen in alle Richtungen ermitteln – mit Hochdruck.“

Zwei Sekunden später fiel ihr das Stück Zeitungspapier ein, in das der Imbissmann den Döner zusätzlich eingewickelt hatte, damit er unterwegs nicht kalt wurde. Sie holte den Fetzen aus dem Papiermüll und strich ihn glatt. Vor ihnen lag eine Werbeanzeige von *Schuh-Gürkle,* in der Keilabsatz-Schuhe angepriesen wurden.

„Wenn das keine *stumpfen Gegenstände* sind, Herr Kommissar!“ Karins Zeigefinger stieß auf die Abbildung des Schuhwerks.

Keine Reaktion. Offensichtlich war dieser Polizist blind dafür, dass solche Schuhe als Mordinstrument geradezu prädestiniert waren.

„Roswitha Renner trägt *immer* Schuhe mit Keilabsätzen“, hörte Karin sich sagen. „Und wenn jemand ein schlagkräftiges Motiv hatte, Kunze eins überzubraten, dann sie.“

Özgül sprang auf ihren neuen Ermittlungsansatz nicht an. Er lehnte lässig am Fenstersims und sah rüber zum Opfer-Haus, das weiß vom Schnee in der Wintersonne glitzerte.

„Er hätte Sie nicht als h-a-g-r bezeichnen sollen“, sagte er nachdenklich.

„Nun schweifen Sie aber ab.“ Sie warf ihm einen Blick zu. „Wir reden hier über Kunzes Mieterin, Frau Renner.“

Manchmal sah Karin die Renner an der Haltestelle der U 2, wenn sie mit ihrem dunklen Pagenkopf zum Friseur in der Sulzerrainstraße fuhr. Dort ließ sie ihr Haar tönen und schneiden, vor allem den Pony. Er war dicht wie ein Verdunkelungsrollo und endete, wie mit dem Messer gezogen, einen Millimeter über den Brauen.

„Sie ist eine undurchschaubare, dunkle Person, Herr Kommissar."

Mit einem Seufzen drückte er das Knöpfchen seines Diktafons. Karin strengte sich an, hochdeutsch zu sprechen, da Özgül ihre Aussage später abhören und an sie denken würde. Es klang hölzern, aber immer noch besser als das breiige Gestammel der Renner. Sie berichtete, wie Kunze versucht hatte, die Gemüsegärtnerin aus dem Haus zu ekeln, damit er ihre und seine Wohnung mittels Wanddurchbruch verbinden konnte. Er wollte in einem *Loft* wohnen. Das wusste der ganze Muckensturm. Aber Roswitha Renner war geblieben, obwohl er Hunderte Nacktschnecken auf ihre Salatbeete geworfen und so ihre Ernte vernichtet hatte.

„Die Renner ist unglaublich zäh und streitlustig, Herr Kommissar. Da drüben kreiste ständig der Hammer. Einmal hat sie dem Kunze mit großem Geschrei den Rasenkantenschneider aus der Hand gerissen, wegen der Igel."

Veysel Özgül sah sie verständnislos an.

„Igel bauen ihre Nester an Rasenkanten, wussten Sie das jetzt nicht?"

„Der *Hammer*, sagten Sie?"

„Genau."

Wie in Trance erhob er sich, knipste das Diktafon aus und schlüpfte in seine Jacke. Sein Gesicht war ein einziges Geheimnis.

Schon den ganzen Tag musste Karin an Tilly Hahn denken. Ein verstörender Gedanke, über den sie kein Sterbenswörtchen verlieren würde. Niemals. Die Oma hatte ihr Weihnachtsgutsle vorbeigebracht, von denen sie die Vanillekipferl gegessen und die anderen Sorten für den Kommissar in ein Schälchen geschichtet hatte.

Dass Tilly die Mörderin war, lag auf der Hand. Erstens: Gar zu grausam hatte Kunze versucht, die betagte Mieterin loszuwerden. Seit Jahren peinigte er sie mit dem Altersheim, dort sei noch ein Plätzle für sie frei. Aber dalli! Zweitens: Tilly war stark. Karin schauderte bei der Erinnerung an die Oma und ihren Teppich. *Gottle,* mit welcher Wucht sie den Perser vermöbelt hatte. Breitbeinig stand sie vor der Ausklopfstange und hob mit beiden Händen den Batscher, und dann schlug sie zu, als wäre es – Kunze. Drittens: …

Karins Überlegungen wurden durch die Ankunft des Mordermittlers unterbrochen. Er war heute spät dran. Offenbar fühlte er sich inzwischen wie zu Hause, denn er schaltete eigenmächtig das *Gemütliche Kaminfeuer* an und setzte sich auf seinen Platz.

Es prasselte und knackte hintergründig. Das orangefarbene Licht der Flammen zuckte über seine hohlen Wangen.

„Mögen Sie Zimtsterne, Herr Kommissar?"

Er antwortete mit einer Gegenfrage. „Wie langweilig ist das, wenn man immer nur die Nachbarn beobachtet?"

Frechheit. „Mir fällt schon nicht die Decke auf den Kopf."

„Ihnen nicht, Frau Krönle. Aber dem Herrn Kunze."

„Wie meinen Sie das jetzt?"

„Wenn Sie es nicht wissen?"

Klar wusste sie es. Karin überkreuzte die Arme, und wie zwei Kätzchen krochen ihre Hände in die weiten, weichen Ärmel des Bademantels. Die Mörderin war Tilly Hahn.

Der Ermittler blickte weiter in die Flammen. Er tappte im Dunkeln, der Arme. Selbst wenn Karin ihm die Oma als dringend Tatverdächtigte präsentierte, er würde es nicht glauben. Eine über 80-Jährige!

„Tilly Hahn hat einen ordentlichen Schlag, Herr Kommissar."

Grüblerisch blickte er von dem brechenden Holzscheit auf. „Bleiben Sie auf dem Teppich, Frau Krönle."

„Stumpfe Gegenstände finden sich in jedem Haushalt", lockte sie. „Auch und gerade bei Tilly. Denken Sie an eine … stumpfe … Spätzlemaschine."

Sein stechender Blick gemahnte sie zur Vorsicht. Okay, dann eben nicht. Wäre auch zu grausig, die Oma zu verhaften. Sie war so lieb und ihr Haar war so dünn …

Ihr Haar!

Der Gedanke führte umgehend zu Lavinia Denzler. Eine Granate von einer Frau. Ihre Mähne floss wie glühende Lava über ihre Schultern.

„Herr Kommissar, haben Sie schon die Mieterin vom EG in den Kreis Ihrer Tatverdächtigen aufgenommen? Sie heißt Lavinia Denzler, ist 46 Jahre alt, und sie hat ein Mordmotiv."

„Sie auch?"

„Wer? Ich?"

Einen Moment kam Karin ins Straucheln. Ihre Hände flutschten aus den Ärmeln, um die Tischkante ein bisschen zu kneten. Dann lachte sie. „Ja, sicher, *auch* Frau Denzler hatte gute Gründe."

„Wie gut?", fragte Özgül.

Karin holte tief Luft und nannte die Fakten. Dass Kunze anfangs Feuer und Flamme für Frau Denzler war. Und später ließ er sie wie eine heiße Kartoffel fallen.

„Wir haben hier ein klassisches Mordmotiv, Herr Kommissar. Verschmähte Liebe. Was glauben Sie, wie sehr das eine Frau verletzt?"

Er kippelte seinen Stuhl auf die Hinterbeine, was Karin gar nicht gerne sah. „Wie sehr hat er *Sie* verletzt?"

Karin ignorierte die unsachliche Frage. „Auf Lavinias Balkon hängt ein stumpfer antiker Wäschestampfer, vielleicht schauen

Sie mal rüber. Er hängt *jetzt* etwas schief, als sei er abgenommen und wieder dranmontiert worden." Sie zog die Tischschublade auf. „Da, nehmen Sie." Sie hielt ihm ihr Opernglas entgegen, aber der Kommissar war schon an der Tür. Seine unergründlichen Augen funkelten schwarz und gefährlich.

Am ersten Weihnachtsfeiertag lag der Schnee auf dem Muckensturm 30 Zentimeter hoch. Karin schaute hinaus. Zwei Kinder bauten einen Schneemann. Wie auch immer sie dazu gekommen waren, er hielt Lavinias Wäschestampfer im Arm. Auf der anderen Straßenseite schlitterte die Renner auf ihren Keilabsätzen umher. Sie bat alle Nachbarn, heute Abend in die „Steinhalde" zu kommen. Es gäbe was zu feiern.

Das Lokal war bis auf den letzten Platz besetzt. Karin saß an der Stirnseite des weihnachtlich gedeckten Tisches. Neben ihr hob Adam Rabinowitsch alle naslang sein Sektglas, um mit ihr anzustoßen. Dagegen gab es nichts einzuwenden. Aus der Küche strömten delikate Düfte. Die Gäste speisten mit großem Appetit. Die Stimmung war festlich und heiter, und alles war völlig in Ordnung. Bis Karin einen Schatten am Fenster wahrnahm.

„Der Kommissar kommt!", entfuhr es ihr.

Eben noch hatten sie gelacht und munter durcheinandergeredet. Vor allem über sie, Karin, hatten die Nachbarn in höchsten Tönen gesprochen. Sie lobten ihren Mut, ja ihre Heldenhaftigkeit, die den ganzen Muckensturm überstrahlte. Mit Vergnügen hatte sie zugehört. Den Kopf mal zu dieser, mal zu jener Seite gedreht. Sie hatte sich über die Lorbeeren gewundert, aber *Gottle,* warum auch nicht?

Der Mordermittler nahte.

Jetzt wurden ihre Freunde bleich. Die Renner rannte aufs Klo. Die Denzler versuchte, sich unter dem Tisch zu verstecken, aber da saß schon „Sherlock", Rabinowitschs neuer Hund. Tilly murmelte ein Vaterunser, und Karin zählte die Sekunden, bis

Veysel Özgül hereinkommen und *die Granate* verhaften würde. Oder war er hinter der Renner her? Doch nicht jetzt, bitte, wo sie so eine schöne Nachbarschaft pflegten.

Özgül trat neben ihren Stuhl.

„Guten Abend."

„Guten Abend, Herr Kommissar." Sie rückte ihr Diadem zurecht und sah ihm in die Augen.

Er ließ sich weder zu einem Kaffee noch zu sonst irgendwas überreden.

„Ich bin dienstlich hier", sagte er ernst. „Ich möchte Ihnen mitteilen, dass wir die Ermittlungen erfolgreich abgeschlossen haben." In vertraulichem Ton erörterte er die Todesursache, die er lange nicht hatte wahrhaben wollen.

Karin hörte mit geschlossenen Augen zu.

„Es ist grotesk", echauffierte er sich, „wenn der meistgehasste Muckenstürmer durch einen gewöhnlichen *Haushaltsunfall* ums Leben kommt."

Haushaltsunfall. Vor Karins geistigem Auge schwebte Tillys Spätzlemaschine durch den Gastraum.

„Frau Krönle, es war kein Mord", sagte er, nachdem er ihre Gedanken gelesen hatte.

„Haben Sie Beweise?", fragte sie.

„Selbstverständlich", sagte er. „Wie gesagt, unsere Kriminaltechniker sind Spürhunde und die Rechtsmediziner …" Özgül machte ein „O" mit Daumen und Zeigefinger. „Um es kurz zu machen: Das Opfer wurde von seiner eigenen Falltreppe erschlagen."

Die Tischgesellschaft war wieder beisammen und sah ihn ungläubig an.

„Herr Kunze wollte auf seinen Dachboden. Er fuhr mit dem Hakenstab in den Ring und zog die Falltür runter." Er schüttelte langsam den Kopf. „In dem Moment rauschte ihm die defekte Holztreppe entgegen."

Sie waren alle sprachlos.

Der Kommissar wünschte gesegnete Weihnachten und glitt wie ein Aal aus dem Restaurant. Karin folgte ihm mit den Augen bis zum Ausgang.

„Unfall", sagte Rabinowitsch langsam und grinste. „Das haben Sie raffiniert gemacht, Prinzessin."

Ich habe nichts gemacht, dachte Karin, obwohl sie sich nicht ganz sicher war.

„Die Treppe", flüsterte Lavinia ihr zu, „einfach großartig!" Ihr Haar schimmerte im Lampenschein wie verrückt.

Die Renner meinte: „Es ist wie ein *Weihnachtsgeschenk* – wunderbar."

„Und so *leblos*", freute sich Tilly, die alte Hexe. „Kinder, darauf stoßen wir mit Champagner an!"

Über den Rand ihres Kelches erblickte Karin sieben Tische weiter einen Herrn mit Fliege. Er fing ihren Blick auf und hob ebenfalls sein Glas. Pralinen!, schoss es ihr in den Kopf. Es wurde schon wegen weniger gemordet. Sie observierte ihn zwei, drei Minuten, dann war klar: Der Fall musste neu aufgerollt, die „Soko Pralinen" ins Leben gerufen werden.

Denn dort drüben saß Weller!

Gottle, wenn das Ermitteln so viel Spaß macht, mag man gar nicht mehr aufhören. Schon gar nicht an sich selber denken. Aber jetzt ist Schluss, Karin!

HELENA REICH

Was vom Adventssamstag übrig blieb

Jeder normale Mensch ist wohl von Zeit zu Zeit versucht, in die Hände zu spucken, die Schwarze Flagge zu hissen und anzufangen, Kehlen aufzuschlitzen.
Lucanus (39–65 n. Chr.)

Emma Häberle war eine kleine, zierliche, freundliche und fürsorgliche Frau von Mitte 50, die seit mehr als 30 Jahren mit ihrem Ehemann Anselm in einem Dorf auf dem Hochsträß lebte. Ein ruhiges, beschauliches Leben, zwar ohne Kinder, aber mit Hunden, Katzen und Hühnern, einem Gemüse- und Obstgarten und befriedigender Arbeit als Grundschullehrerin in Ulm. Sie war, da waren sich im Dorf alle einig, die tugendhafte schwäbische Haus- und Ehefrau schlechthin. Das Haus immer blitzblank, alle Arbeit pünktlich und perfekt erledigt, sonntags einen Kuchen auf dem Tisch, im Herbst ein Dutzend Sorten Marmelade eingekocht, im Advent zwei Dutzend verschiedene Bredla und unterm Jahr immer das Brot selbst gebacken, und neben Beruf und Haushalt noch Zeit für verschiedene ehrenamtliche Tätigkeiten. Und dabei immer freundlich, immer hilfsbereit, immer ein offenes Ohr für die Sorgen ihrer Mitmenschen. Anselm hingegen, der sich mehr schlecht als recht um den ererbten elterlichen Hof kümmerte, war weder freundlich noch besonders liebenswert, sondern ein chaotischer, ungepflegter Landwirt, der sich am liebsten um die Sportschau, seine Pflanzen im Wintergarten und seinen Hund kümmerte. Mit den Jahren war aus dem einst attraktiven und amüsanten Bohemien ein dicker, mürrischer Einzelgänger geworden, der ohne Unterlass an seiner Frau und allen, die ihm in die Quere kamen, herummäkelte. Ein selbstgerechter Egoist, dem man zunehmend aus dem Weg ging. Allein Emma schien mit einer Engelsgeduld jede seiner Launen zu ertragen und sich nichts daraus zu machen.

„Ach, wisset Se, mei Mah isch a weng oiga", pflegte sie milde lächelnd zu sagen, wenn jemand sie auf die Marotten ihres Gatten ansprach, „des derfat Se ed ernscht nemma. Dr moints ed so." Es hörte sich an, als spreche sie von einem verzogenen, kleinen Kläffer – laut, aber harmlos – und keinesfalls ernst zu nehmen.

Käthe Cavendish, frisch geschiedene Kriminalhauptkommissarin, stand eines sonnigen Samstagnachmittags im Advent an ihrem Wohnzimmerfenster und sah hinüber in den – dank des bisher sehr milden Winters – zum Teil noch immer blühenden Garten ihrer Nachbarn, der Häberles. „I frog me, wann dr Emma dr Kraga platzt", sagte sie über die Schulter zu ihrer Freundin Ada Gronsky, die mit einer Tasse Kaffee im Sessel lümmelte. „S' wär a mol fällig, däd i saga." Käthe schnaubte verächtlich.

„Was hat der Göttergatte jetzt wieder gemacht?", fragte Ada schmunzelnd. Sie kannte die vielen Geschichten über die zahlreichen Gemeinheiten, mit denen Anselm Häberle seine Frau quälte. Erst am vergangenen Adventssonntag hatte er zum Trotz den Saustall ausgemistet, statt mit Emma in die Kirche zu gehen – und das so lautstark, dass es das ganze Dorf mitbekommen hatte. Doch Emma schien mit jeder seiner Unverschämtheiten nur noch geduldiger zu werden. Da, dachte Ada, hatten sich zwei gesucht und gefunden. Der Traum eines Sadisten ist ein Masochist – und umgekehrt, nicht zu vergessen. Aber, fragte sie sich zum ersten Mal, während sie an einem ausgezeichneten Weihnachtsplätzchen knabberte, wer von den beiden war eigentlich was? Natürlich, das Dorf stand fest auf Emmas Seite, die mit ihrem Angetrauten ein schweres Kreuz zu tragen hatte, aber für Anselm war das Zusammenleben mit seiner Frau Perfekt vermutlich auch nicht grade einfach.

„Koi Ahnung", erwiderte Käthe auf Adas Frage, „abr d'Emma schafft scho dr ganze Morga wiara Bronnabutzr ond er flackd bloß blehd aufm Kannapeh ond glotzt dumm rum. Wengs irgendebbes hodr se grad wiada zammgschissa."

Ada, Berliner Rechtsmedizinerin im Urlaub, kam ans Fenster. Emma Häberle eilte gerade wieder mit einem Besen auf die Straße und begann, mit Verve den Rinnstein zu fegen. So viel Ordnungssinn und Effizienz wie Emma an den Tag legte, konnte auch einen weniger perfektionistischen Menschen durchaus kirre machen.

„Was in aller Welt macht sie da?", wollte Ada wissen. Zum Rinnsteinputzen gab es doch die Straßenreinigung. Jedenfalls in Berlin.

„Kehrwoch, nadierlich. – I hann's genau gsäa – jetz hat dr Granadasäggl sein Schtumba ind Kandl gschmissa ond sei Weib derf sich wiedr a mohl bigga."

„Und sie ist einfältig genug, es zu tun." Manchen Frauen, dachte Ada irritiert, war einfach nicht zu helfen. Kehrwoche, richtig, diese etwas seltsame Tugend aus dem tiefen Südwesten. Samstags im Ländle wuselte alles im und ums Haus, putzte, kehrte, wischte, säuberte alles, was in Reichweite war oder nicht schnell genug weglaufen konnte. Und Käthe stand einfach so herum ... Ada warf einen Blick durch das wie immer perfekt aufgeräumte Wohnzimmer.

„I han d'Kehrwoch geschtrn gmacht, bevor d'komma bischd", sagte Käthe, als habe sie Adas Gedanken gelesen, und fuhr dann fort: „Ond d'Emma, dui isch koi dumme ed, abr a Gscheide sieht au andersch aus."

„Hast du eigentlich diese traumhaften Plätzchen gebacken?", fragte Ada. Sie konnte sich nicht erinnern, dass Käthe je etwas in der Küche getan hatte, was über Kaffee kochen und Brote schmieren hinausgegangen war. Doch auf dem großen Teller lag der Rest von mindestens einem Dutzend verschiedener Plätzchensorten, die viel zu gut schmeckten, als dass sie gekauft sein konnten.

„I, ja noi, des kah i ed. Dui hod d'Emma backa. Dui kah oifach älles." Käthe seufzte voller Bewunderung.

„Warst du mal bei denen zu Hause?" Ada fragte sich, ob sie wohl die richtige Vorstellung vom Innenleben des Häberle'schen Hauses hatte. Wenn es dort so zuging wie draußen, dann hatte Anselm nichts zu lachen. Der Vorgarten sah aus wie mit der Nagelschere frisiert, die Sträucher standen in Reih und Glied, und natürlich war alles unkrautfrei. Auf Emmas Rasen würden sich im Frühjahr sicher weder Löwenzahn noch Gänseblümchen verirren.

„So halba. An dr Dier ware. Saubr wars, wias halt sei sodd. Wäga warom?"

Ada lächelte. „Wie die Titelseite von ‚Schöner Wohnen' also." Sie wusste, dass Käthes Ordnungssinn sehr ausgeprägt war, vermutlich ähnlich wie der von Emma Häberle, wenn man sie so reden hörte. Ada selbst hatte nichts übrig für Häuser, die wirkten wie ein frisch desinfizierter OP-Saal. Sie empfand fast ein bisschen Mitleid für Anselm. Wahrscheinlich war sogar der Christbaum eher schlicht als schön. Sie warf einen Blick hinüber zu Käthes Bäumchen: zwei Handvoll Strohsterne, ein Dutzend mattrote Kugeln und halb so viele Bienenwachskerzen, und fertig war die – nach Adas Geschmack viel zu karge – Pracht.

„Du, bloß koi falschs Mitleid. Dr Anselm wois oifach ed, wasr anra hod." Käthe wandte sich vom Fenster ab und ließ sich auf das Sofa fallen. „Mir händ scho lang koin *MacGyver* meh guggt. Was moinschd?" Sie wedelte mit einer DVD.

„Gute Idee. Steck sie rein, ich mache uns Tee. Hauptsache, es hat nichts mit Weihnachten zu tun." Seit ihre Kinder aus dem Haus waren, hatte sie Weihnachtsdekorationen sukzessive abgeschafft, das Weihnachtsbohei mit Lebkuchen und Schoko-Weihnachtsmännern ab Ende August und das Adventsgedudel in allen Geschäften ging ihr inzwischen derart auf die Nerven, dass sie geneigt war, diese Feiertage ganz zu streichen. Ada füllte den Wasserkocher, nahm den einzigen Tee, den sie finden konnte – eine laut Etikett weihnachtliche Früchtemischung – und kippte ihn mit einem resignierten Seufzer in die vorgewärmte Teekanne. Sie konnte Früchtetee nicht leiden, ihr Mann liebte ihn. Nicht der einzige Knatschpunkt in ihrer langjährigen Beziehung, aber einer, der Konfliktpotenzial bot, wie Anselms Hühnerstall oder andernorts nur falsch ausgequetschte Zahnpastatuben und offene Klodeckel. Sie hatte keine Lust, über ihren Mann nachzudenken, deshalb war sie ja für ein paar Tage zu Käthe gefahren. Sie wandte ihren Blick zum Fenster. Wie lange, fragte sie sich, während sie an der Küchenspüle stand und direkt in den Wintergarten der Häberles hinüberblickte, würde es wohl dauern, bis Anselm die Sicherung durchbrannte? Emma hatte scheinbar keine Sicherungen, die durchbrennen könnten. Oder, dachte Ada verständnisvoll, sie fand an schlechten Tagen immer noch ein paar Zentimeter Zündschnur mehr in ihrem Inneren, die verhinderten, dass sie das Küchenmesser in Anselm versenkte. Nein, Emma war einfach zu nett. Anselm stand, wie Ada sah, zwischen den zahllosen perfekten Pflanzen und grinste wie gedankenverloren auf die Blumentreppe vor ihm. Seine Hose hatte dicke Ausbuchtungen an den Seiten, offenbar hatte er die Hände in den Hosentaschen zu Fäusten geballt. Ada setzte ihre Brille auf, um besser sehen zu können. So speziell sah das Grünzeug nicht aus ... Ein Kaffeestrauch, ein Mandarinenbäumchen, der unvermeidliche Weihnachtsstern, eine ... Doch, das war eine kleine Tabakpflanze, und daneben streckte sich ein wunderschöner Blauer Eisenhut der Nachmittagssonne entgegen. Respekt, dachte Ada, da lebt jemand gern gefährlich, die giftigste Pflanze Europas, hoffentlich wusste Emma, was sie da stehen hatte. Oder war Anselm der Gärtner in der Familie? Immerhin war er Landwirt. Anselm zog seine Hände aus den Hosentaschen und ein paar Arbeitshandschuhe aus seiner blauen Latzhose. Mit den geschützten Händen begann er, mit flinken Fingern Blätter von beiden Pflanzen zu zupfen und sie in ein Körbchen zu legen.

Mit dem von der Decke herabhängenden, über seinem Kopf schwebenden schlichten Adventskranz aus kahlen Ästen und brennenden Kerzen sah der Alte einen Moment lang aus wie eine tonnenförmige Sankta Lucia mit Dreitagebart. Nein, dachte Ada, das gehörte nach Schweden, nicht aufs Hochsträß. Aber seine Blättchen ergäben ein wahrhaft einmaliges Adventssonntagsfrühstück, wenn er sie unter Emmas Müsli mischen würde.

Emma Häberle war fertig mit dem Rinnstein, der Straße und der Garagenauffahrt. Und mit allem anderen. Vor allem mit Anselm. Dieser fette, verfressene, faule, dumme, widerwärtige Kerl hatte seit heute Morgen nichts anderes im Sinn gehabt, als jeden aufgeräumten Raum postwendend wieder in einen Saustall zu verwandeln. Wie jeden Samstag. Wie überhaupt jeden Tag. Zum Glück hatte es in diesem Jahr noch nicht geschneit, sonst hätte sie auch noch Schnee schippen müssen. Sie sah zum Wintergarten hinauf. Natürlich, wieder bei seinem eingetopften Grünzeug, anstatt sich um seine eigentliche Arbeit zu kümmern. Der Hühnerstall stank bis auf die Straße, der Garten war voller Hühnerfedern und Hundehaufen und der Traktor musste ebenso repariert werden wie diverse Werkzeuge. Sie zog angewidert die Nase hoch, der Saustall stank auch schon wieder zum Gotterbarmen. 32 Jahre. Seit 32 Jahren ertrug sie Anselm nun – und ein Ende war nicht in Sicht. Er war zwar fett, litt an insulinpflichtigem Diabetes und an Gicht, hatte hohen Blutdruck, Arteriosklerose und am linken Auge ein beginnendes Glaukom, seine Leberwerte waren der Schrecken des Hausarztes und Anselms Lunge war dank der ewigen selbst gedrehten Zigarren inzwischen vermutlich durchgeteert bis zur letzten Alveole. Eigentlich war der Mann ein Wrack, das jeden Moment zusammenbrechen musste. Seit Jahren wartete sie darauf. Sie kochte ihm alles, was er liebte und eigentlich nicht essen sollte – schon gar nicht in den Mengen, die sie zubereitete –, sie hätschelte seine Faulheit und tat insgesamt alles, was seinem frühen Ableben förderlich sein konnte. Aber nichts passierte. Es war wie verhext. Anselm erkältete sich noch nicht einmal. Im Gemüsegarten hatte sie neben den Nutzpflanzen, um die er sich gelegentlich kümmerte, jede Menge giftiges Grünzeugs gepflanzt, in der Hoffnung, er werde eines Tages das falsche Kraut erwischen und endlich das Zeitliche segnen. Bisher wartete sie vergeblich, Anselm kannte sich mit Pflanzen zu gut aus. Sie würde vermutlich warten müssen, bis er fast erblindete. Allerdings konnte das, nach Auskunft seines Arztes, noch viele Jahre dauern, denn Anselm hatte eine robuste Konstitution und sprach gut auf die Behandlung an. „Wisset Se, ihr Mah misst scho längscht dod sei", hatte der Doktor ihr erst kürzlich gesagt, „abr der werd noch hondrt. Se wissed ja, wenns lauft, dann laufts." Emma hatte es vor Graus geschüttelt. Das wären noch 40 Jahre. So lange würde sie nicht durchhalten. Vor vier Wochen war sie wieder beim Arzt gewesen. Nicht mehr viel zu machen, höchstens ein, zwei Jahre. Die Bauchspeicheldrüse, bösartig. Sie war nicht einmal besonders schockiert gewesen, eher erleichtert. Das Ganze würde also ein Ende haben. Damals hatte sie den Entschluss gefasst, endlich etwas zu unternehmen. Sie sah Anselm dabei zu, wie er nun auch die welken Blätter von seinem geliebten Eisenhut pflückte. Eine wirklich sehr hübsche Blume und tödlich wie kaum eine zweite. Nur zwei Gramm der Wurzel in die Rohkost geraspelt, oder eine Brühe aus den Blättern … Oder doch lieber das Nikotin aus der Tabakpflanze? Das müsste sie allerdings erst extrahieren. Sie war unschlüssig, es sollte nicht schmerzhaft sein. Und möglichst einfach. Und heute Abend vorbei. Vom Samstag sollte diesmal nichts übrig bleiben. Nur Ruhe. Endlich. Immerhin war in ein paar Tagen Heiligabend. Den würde sie sich nicht wieder verderben lassen. Nie mehr.

Emma wandte den Blick zum Haus ihrer Nachbarin. Käthe hatte Besuch und die Frau beobachtete Anselm beim Blättchenzupfen. Emma lächelte. Etwas Besseres hätte ihr gar nicht passieren können. Sie atmete tief ein und aus, straffte die Schultern, warf einen letzen Blick durch den Garten und über den inzwischen wolkenverhangenen Himmel. Es sah aus, als würde es bald schneien. Wurde auch Zeit. Ja, heute war der Tag der Tage. *Alea iacta est*, wie Julius selig zu sagen pflegte. Sie räumte den Besen auf und ging ins Haus.

Käthe und Ada verbrachten den Abend mit aufgebackener Pizza, *MacGyver* und einer Flasche Rotwein, den folgenden Sonntag beim Langlaufen und den Sonntagabend mit einigen alten Hollywood-Streifen. Die Adventszeit und alles, was damit zusammenhing, blendeten sie nach Möglichkeit aus. Bis auf die Plätzchen, die waren einfach zu gut, um darauf zu verzichten.

Am Montagmorgen stand Käthe früh auf, um noch rechtzeitig die Mülltonne rauszustellen, bevor sie zur Arbeit musste. Ada war schon in der Küche und hatte Kaffee gekocht, sie wollte mit Käthe in die Stadt, ins Museum, ins Café, vielleicht in die Unibibliothek. Jetzt stand sie am Fenster und schien draußen etwas zu beobachten.

„Was gugschn? Was ischn doh?“, fragte Käthe.

„Eine Frau diskutiert etwas mit Anselm.“

Käthe streckte den Kopf an Ada vorbei. „Ach des ischd Berdda. Dui goht mit dr Emma Mondags emmr in dr Wald. Egal was isch."

„Tja, heute wohl nicht. Die steht schon seit guten fünf Minuten mit ihm in der Tür. Entweder Emma ist nicht da oder sie ist krank."

„Des gajts ed. Do isch ebbes gwäa."

„Wie bitte?"

„Passierd", übersetzte Käthe, während sie schon zur Tür hinauslief.

Ada folgte ihr einen Moment später. Draußen wäre Käthe fast mit dem Müllwagen kollidiert, der vor Häberles Garagenauffahrt gerade mit seinem vollautomatischen Greifarm die Mülltonne in sein geräumiges Innenleben entleerte. Es knallte dumpf im Inneren des Wagens, als wäre ein Sack Zement hineingefallen. Käthe japste erschrocken und ließ den Müllwagen weiterfahren. Dann rannte sie zu Bertha und Anselm.

„Der sajd, dui isch ed doh", sagte Bertha, noch bevor Käthe fragen konnte, was los sei. „Drweil isch dui Mondigs emmr mid!"

Anselm stand in seinem abgetragenen, blau gestreiften Pyjama in der offenen Tür und schwieg. Er sah aus, als habe Bertha ihn aus dem Tiefschlaf aufgescheucht.

„Wo ischn d'Emma?", fragte Käthe.

Anselm zuckte die mächtigen Achseln. „I wois des ed. Dui isch eba ed do." Er lallte ein bisschen.

„Seit wann isch se weg?"

Wieder ein Achselzucken. „Wois i doch ed! Vielleicht scho seid geschtrn oder Dags davor?"

„Anselm, sag jetz, wann hosch se zom letdschda Mol gsäa?"

„Gsäa han i se … am Samsdig ohbad. Se isch neikomma vom Garta, hod ebbes zom Essa kocht, na hend mr gessa ond dann … Na hod se gsajd, vo dr Khärwoch wär noch ebbes ibrig, des misst no weg." Er seufzte. „Kennsch se doch, dui pudzd bis zom umkippa. Ond na isch se nemme komma …"

Käthe und Bertha starrten den dicken Mann an, der den Türrahmen fast ausfüllte. Offensichtlich glaubten ihm beide kein Wort, so, wie sie ihn anstarrten, dachte Ada. Vielleicht hatten die beiden mit ihren grausigen Vermutungen, die zweifellos in ihren Hirnen herumtanzten, ja recht, vielleicht war Anselm der Kragen geplatzt und er hatte an seiner Frau die Spitzhacke ausprobiert. Er wäre nicht der Erste und auch nicht der Letzte. Aber Ada glaubte es irgendwie nicht. Sie hatte Emmas Gesichtsausdruck vor Augen, als diese sie, Ada, beim Beobachten von Anselm im Wintergarten gesehen hatte. Anselm hatte Blättchen vom Eisenhut und der Tabakpflanze abgezupft, und auf Emmas Gesicht war ein eigenartiges Lächeln erschienen. Ada suchte nach dem richtigen Wort … Emma wirkte immer so freundlich und hilfsbereit, als könne sie keiner Fliege etwas zuleide tun, aber dieses Lächeln war … ja, es war böse gewesen, anders konnte man das nicht beschreiben. Ein sehr unweihnachtliches, teuflisches, kleines Grinsen. Doch offensichtlich hatte Emma noch ein paar Zentimeter Zündschnur in ihrem Inneren gefunden, jedenfalls hatte sie Anselm nichts angetan, böser Blick hin oder her.

Käthe und Bertha redeten auf Anselm ein. Offenbar hatte Käthe an Anselms Händen und Pyjama etwas entdeckt, das sie für Blut hielt, soweit Ada die aufgeregten schwäbischen Wortfetzen verstand. Käthe tippte in ihr Handy. Mit Sicherheit würden hier in weniger als einer Viertelstunde jede Menge Polizisten herumwuseln und auf der Suche nach Emma das Haus samt Garten auseinandernehmen. Sie wandte sich um zur Garagenauffahrt. Es war schon seltsam, dass Emma einfach so verschwunden sein sollte. Wohin hätte sie denn gehen sollen? Von fahren konnte keine Rede sein, denn Anselms Auto hätte sie nicht benutzen können – sie hatte keinen Führerschein. Ada ging langsam zurück in Richtung Käthes Haus. Ihr war kalt, da sie ohne Jacke hinter ihrer Freundin hinausgerannt war. Am späten Samstagnachmittag hatte es ein bisschen geschneit, seither nicht mehr, aber der Schnee war liegen geblieben. Gedankenverloren betrachtete sie den verschneiten Boden. Bald würde von der fast unberührten weißen Pracht nur Matsch übrig sein. Nur Bertha, Käthe und sie selbst hatten bisher Spuren in dem sonst noch immer jungfräulichen Schnee hinterlassen, die alle zu Häberles Haus führten. Als sie in der Mitte der Garagenauffahrt ankam, fielen ihr weitere auf – die Rollspuren der Mülltonne von der Garage zum Straßenrand und dazu nur Emmas kleine Schuhabdrücke. Sie hatte die Mülltonne offensichtlich schon am Samstagabend hinausgestellt. Ada blieb stehen und betrachtete die Spuren eine ganze Weile, bis es ihr endlich auffiel: Emmas Spuren endeten vor der Mülltonne am Rinnstein, wo sie diese abgestellt hatte. Aber es führten keine zurück zum Haus.

Und auch nicht auf die Straße.

NIKLAUS SCHMID

Zahltag für den Nikolaus

Sein Gesicht unter dem riesigen Bart juckte. Er schwitzte. Der rote, mit weißem Pelz besetzte Mantel war schwer. Überdies hatte sich Marcel Schröer die Oberarme und Hüften mit Kissen ausgestopft. Von einem Weihnachtsmann erwarteten die Leute ein bestimmtes Format.

Betont schwerfällig stapfte er, hier und da einem Passanten zunickend, über die Fußgängerzone der Bahnhofstraße in Ulm. Im Eingang des großen Kaufhauses blieb er stehen und hielt nach einem Polizisten oder einem privaten Wachmann Ausschau. Aus den Belüftungsgittern traf ihn ein unangenehm warmer Luftstrom, Weihnachtsmusik vom Endlosband drang durch die Bommelmütze in sein Ohr, doch ansonsten schien die Luft rein zu sein.

Entschlossen stieß er die gläserne Pendeltür auf und ging zur Rolltreppe. Niemand schien ihn bewusst wahrzunehmen, weder die Frauen mit den Paketen und Einkaufstüten in den Armen noch die Verkäuferinnen. Zwei Tage vor Heiligabend war den Leuten der Anblick von Weihnachtsmännern sehr vertraut.

Die Personalabteilung befand sich im oberen Stockwerk. Zur letzten Etage nahm Schröer die Treppe. Am Treppenabsatz blieb er stehen. Als sich die Tür öffnete und ein Arbeiter im blauen Overall heraustrat, konnte er sehen, dass in dem Büro nur zwei Angestellte waren, eine ältere Frau in heller Bluse und ein Mann um die 30 im modischen Pullover. Kein Problem!, dachte Schröer. Seine Muskeln spannten sich.

„Schenkst du mir was?“

Schröer teilte die silberblonden Locken seiner Perücke, die ihm wie einem Hirtenhund die Augen verdeckten, und besah sich das kleine Mädchen. Es hatte große, blaue Augen. Aber Schröer mochte Kinder nicht, auch keine mit großen, blauen Augen. „Verdammt!“, entfuhr es ihm.

Doch dann besann er sich auf seine Rolle und griff in die Manteltasche. Seine Finger berührten die Pistole – die Bonbons hatte er vergessen. „Später, Kleine, später“, grummelte er. Enttäuscht drehte sich das Mädchen um, und Schröer schritt zum Lohnbüro.

Wortlos trat er in den Raum, wortlos verriegelte er hinter sich die Tür. Der älteren Angestellten, die irgendetwas über mangelnde Höflichkeitsformen murmelte, drückte er die Pistole gegen die Seidenbluse; dem jungen Mann, der von seinem Stuhl aufsprang, hieb er die Rute quer übers Gesicht.

„Öffnen!“ Er deutete mit dem Kinn auf den Wandtresor. „Und keine Zicken!“ Mit einem weiteren Schlag machte er deutlich, dass er es ernst meinte.

Drei Minuten später stand Schröer wieder auf dem Gang. Sein erster Raubüberfall hatte auf Anhieb geklappt. Der Jutesack auf seiner Schulter war zur Hälfte mit Banknoten und Kleingeldrollen gefüllt. Seine Vorarbeit, die darin bestanden hatte, als Ersatznikolaus herauszufinden, wo zur umsatzstarken Weihnachtszeit die Kassenabschläge bis zur endgültigen Einzahlung bei einer Bank aufbewahrt, also sozusagen zwischengelagert wurden, diese Vorarbeit hatte sich ausgezahlt.

Im Personalaufzug hörte er, wie nach einer bestimmten Nummer gerufen wurde, die sich im Lohnbüro melden sollte, dringend. Wahrscheinlich war der Hausdetektiv gemeint.

Schröer grinste. Ihm selber nachzulaufen, getrauten sich die beiden Überfallenen nicht. „Ich schieß euch die Kniescheibe weg", hatte Schröer gedroht und, um zu zeigen, dass er zu allem entschlossen war, den Schlitten der Waffe zurückgezogen und den Hahn gespannt. Ein weiterer Beweis, dass es sich keineswegs um eine Spielzeugpistole handelte, war nicht mehr nötig gewesen.

Die Fahrstuhltür öffnete sich. Schröer rief den Arbeitern auf der Verladerampe ein fröhliches „Endlich Feierabend!" zu und trat ins Freie.

Rechts ging es zum Münsterplatz. Sollte die Polizei bereits alarmiert sein, war dies die sicherste Zone. Durch den Passantenstrom und die Verkaufsstände würde sich kein Verfolger, geschweige denn ein Streifenwagen zwängen können.

Mit dem geschulterten Jutesack tigerte Schröer durch die Fußgängerzone. In der Hirschstraße gegenüber dem *Modehaus Walz* stand frierend eine Gruppe peruanischer Musikanten. Hirtenflöten konkurrierten mit den fernen Glocken vom hohen Kirchturm des Ulmer Münsters und mit den Pfeiftönen einer Drehorgel gleich nebenan, wo ein Leierkastenmann beherzt die Kurbel betätigte, während ein Äffchen in Strickklamotten auf seiner Schulter turnte.

Wenige Schritte weiter hatte ein Kerl, ganz in Schwarz und mit kalkweißem Gesicht, ein Abspielgerät aufgestellt und ließ zu der lauten Musik eine Marionette tanzen. Ein Pulk von Kindern und Jugendlichen bestaunte die Vorführung.

Schröer wollte sich an der Gruppe vorbeidrängen. Doch ein Griff an seinen Mantelsaum hielt ihn jäh zurück. Die Faust, die sich in den Pelzbesatz geklammert hatte, gehörte einem kleinen Mädchen.

„Hallo, lieber Weihnachtsmann!"

Schröer überlegte, ob es die Kleine aus dem Kaufhaus war. Die Kinder sahen zu dieser Jahreszeit, eingemummelt in Wintersachen und mit geröteten Gesichtern, alle gleich aus. Große, blaue Augen hatte auch dieses Mädchen – und eine energische Faust.

„Gibst du mir denn jetzt was?" Das Kind stieß mit seinem Kopf gegen eine Frau, die gerade dem Marionettenspieler eine Münze zuwarf. „Mami, das ist der Nikolaus aus dem Kaufhaus, der mir ein Geschenk versprochen hat."

Es begann zu schneien, dicke, wässrige Flocken, die von dem Jutesack sofort aufgesogen wurden. Höchste Zeit für den Weihnachtsmann, dass er mit seiner Beute nach Hause kam.

„Ho, ho, ich hab noch einen weiten Weg vor mir", sagte Schröer mit übertrieben dunkler Stimme.

„Vielleicht nur ein Bonbon, guter Nikolaus", zwinkerte ihm die Mutter des Mädchens zu. „Ich glaube, damit wäre meine Lisa schon zufrieden."

„Später, am Heiligen Abend, Lisa muss warten." Schröer machte einen Schritt zur Seite, die kleine Hand zog ihn wieder zurück.

„Nein, jetzt! Bitte! Du hast es mir versprochen! Und was man verspricht, das muss man halten."

Der Marionettenspieler war der Erste, der auf das quengelnde Kind aufmerksam wurde. „He, Alter, gib der Kleinen was, ist doch schließlich dein Job! Und mir kannst du auch 'nen Euro in den Hut werfen."

Die Zuschauer johlten. Schröer fühlte Panik in sich aufsteigen. Er musste hier weg, schnellstens. Aber noch befand sich sein Mantel fest im Griff der kleinen Faust. Das Mädchen stolperte, fiel hin. Es weinte.

„Geht so ein heiliger Mann mit Kindern um?!", mischte sich ein Kerl im Militärparka ein.

„Bestimmt ist das gar kein richtiger Weihnachtsmann", plärrte Lisa. „Er hat ja keine Geschenke."

„Das wollen wir mal sehen!“, schlug ein respektloses Bürschchen vor und langte nach dem Gabensack.

„Pfoten weg da, Saubengel!“ Schröer schlug mit der Rute zu.

Der Junge jaulte auf, seine Kameraden kamen ihm zu Hilfe. Sie krallten sich in die pelzbesetzten Ärmel und in die Hosenbeine des Weihnachtsmannes, sie zerrten an seinem Bart, stupsten gegen die Bommelmütze, entrissen ihm die Rute und den Gabensack.

Der Größte in der Meute, ein Blonder mit leichtem Flaum auf der Oberlippe, übernahm Schröers Weihnachtsmannrolle und hielt dem kleinen Mädchen den Nikolaussack hin. „Hier, brauchst nicht zu heulen, hast freie Auswahl.“

Unter dem Jubel der Menge stieß Lisas kleine Hand in die Öffnung. Heraus kam sie mit einem Bündel Banknoten. Ein Schrei aus vielen Kehlen: „Die sind ja echt!“

Auf einmal war es vorbei mit der friedlichen Vorweihnachtsstimmung. Hauen, Stoßen, Drängen, ein wildes Raufen um den Gabensack begann. Der Marionettenspieler warf ihn hoch in die Luft. Münzrollen klatschten aufs Pflaster und zerbrachen, Geldscheine rieselten zusammen mit den Schneeflocken auf den Boden.

Schröer sah nur noch eine Chance. Er zog die Pistole. „Das ist meine Kohle!“, schrie er.

In diesem Moment ertönte die Sirene eines Polizeiwagens. Schröer pfiff auf Nikolausrute und Gabensack. Auch die Pistole ließ er fallen.

„Keine Spielzeugwaffen zum Fest der Liebe!“, sagte tadelnd der Marionettenspieler und stellte sich dem Flüchtenden in den Weg. Mit ein, zwei Tritten seiner schweren Stiefel räumte Schröer den Mann samt seiner Gliederpuppe beiseite. Schon sah er vor sich eine Lücke im Ring der Zuschauer, als hinter seinem Rücken eine kleine, aber durchdringende Kinderstimme rief: „Peng! Du bist tot, böser Weihnachtsmann!“

Schröer spürte, wie links in seinem Brustkorb eine Rippe splitterte, wie sich Blut und Schweiß unter seinem Nikolauskostüm vermischten. Jemand öffnete ihm den Mantel, zog eines der Kissen hervor und legte es ihm unter den Kopf. Als Nächstes fühlte Schröer schmelzende Schneeflocken auf seinem nun vom Rauschebart befreiten Gesicht.

Und dann fühlte er gar nichts mehr.

* * *

Zu den Autorinnen und Autoren

Gudrun Weitbrecht ist in Hessen geboren, im Rheinland aufgewachsen und lebt seit fast 40 Jahren in Stuttgart. Sie ist verheiratet und hat einen Sohn. Seit 2001 zahlreiche Kurzkrimiveröffentlichungen. Herausgeberin von mittlerweile vier Schwaben-Anthologien: Bei Theiss erschienen die Kriminalromane: „Blutkirsche“ und „Eiskaltes Versprechen“. Gudrun Weitbrecht lehrt außerdem an Schulen Krimischreiben. Sie ist Mitglied im „Syndikat“ und bei den „Mörderischen Schwestern“.
www.weitbrecht.info

Nessa Altura hat viele Storys für Anthologien, zwei Kurzprosabände und den Roman „Die 13. Klasse“ veröffentlicht. Sie lebt in Süddeutschland. Bibliografie, Presse, Vita und mehr unter: www.nessaaltura.de. Unter anderem gewann Nessa Altura den Friedrich-Glauser-Kurzkrimipreis und den Kurzgeschichtenpreis von „Quo Vadis“, der Vereinigung der Verfasser historischer Romane. Seit 2011 vertreibt sie exklusive Textgeschenke über ihren Web-Shop unter autorenexpress.de.

Sybille Baecker ist gebürtige Niedersächsin, studierte BWL in Münster/Westfalen und arbeitete viele Jahre als Pressereferentin eines Sportfachverbandes in Stuttgart. Heute lebt sie nahe der Universitätsstadt Tübingen und ist als freiberufliche Schriftstellerin und Dozentin für Schreibworkshops tätig. Sie veröf-

fentlichte mehrere Kriminalromane und zahlreiche Krimi-Kurzgeschichten. Durch ihre Krimiserie mit dem Tübinger Kommissar und Whiskyfreund Andreas Brander wurde sie zur Fachfrau für „Whisky & Crime".
www.lesezeit-sk-baecker.de

Til Bauer, Jahrgang 1964, lebt in Stuttgart. Als Pfarrer liegt sein Schwerpunkt auf dem gesprochenen Wort, jedoch hat er zunehmend Freude am geschriebenen Wort. Dies zeigt sich unter anderem an seinem Beitrag „Der letzte Gang" in „Jetzt musst du springen, das Kurzgeschichtentaschenbuch" aus der Reihe „get shorties 12" oder „Raum ist in der kleinsten Hütte" – veröffentlicht auf Bäckertüten im Rahmen des Schillerjubiläums 2009 in Stuttgart.

Dr. Bettina Hellwig ist 1963 in Braunschweig geboren. Die Apothekerin lebt mit ihrem Mann und zwei Pferden in Konstanz am Bodensee und in Stuttgart. Sie arbeitet als Redakteurin und Autorin für verschiedene Fachzeitschriften. Daneben hat sie mehrere Kurzkrimis veröffentlicht, in denen es pharmazeutisch oder medizinisch zugeht.

Tanja Jaurich studierte Kommunikationsdesign in Schwäbisch Gmünd und Orléans. Sie arbeitete als Grafikerin und Teamassistentin in Stuttgart und ist seit 2008 als selbstständige Grafik-Designerin und Autorin tätig. Gleich ihre erste Krimikurzgeschichte „Fototermin" wurde 2010 in der Ruhrpott-Anthologie „Tödlicher Pott" beim Seschat-Verlag veröffentlicht. Im Moment arbeitet sie an ihrem ersten Roman, einem Stuttgart-Krimi im Hotelmilieu.

Anita Konstandin ist in Stuttgart-Bad Cannstatt geboren, wo sie heute noch mit Mann und Hund wohnt – nur einen Katzen-

sprung entfernt vom Muckensturm, dem Tatort des vorliegenden Krimis „Das leblose Weihnachtsgeschenk". Mit Vergnügen schreibt die ehemalige Werbetexterin Kurzgeschichten, die sie mit Spannung würzt und mit Humor verfeinert.
www.anita-konstandin.de

Rudi Kost, geb. 1949 in Stuttgart, lebt in der Nähe von Schwäbisch Hall. Lange Jahre Redakteur bei Tageszeitungen, seitdem freiberuflich tätig als Herausgeber, Autor und Verleger. Bisher vier Kriminalromane mit dem Versicherungsvertreter und Hobbydetektiv Dillinger, zuletzt „Fisch oder stirb".

Tatjana Kruse, Jahrgangsgewächs aus süddeutscher Hanglage mit Migrationshintergrund (Vater Schweizer, Mutter Friesin), lebt und arbeitet in Schwäbisch Hall (kein Synonym für eine Bausparkasse, sondern die vermutlich kleinste Metropole der Welt). Seit dem Jahr 2000 schreibt sie Kriminalromane, derzeit u. a. die „Kommissar Seifferheld"-Reihe bei Droemer Knaur.
www.tatjanakruse.de

Veit Müller, in der Pfalz aufgewachsen, studierte in Tübingen Germanistik und Anglistik. Seit 1998 arbeitet er als Freier Journalist für Tageszeitungen und Agenturen. Veit Müller veröffentlichte bisher vier Kriminalromane mit dem Journalisten Luka Blum als Hauptfigur. Er ist auch Autor mehrerer Kurzgeschichten und Freizeitführer.
www.veit-mueller.de

Ingrid Noll wurde 1935 in Shanghai geboren. 1949 mit der Familie Rückkehr nach Deutschland. Abitur 1954 in Bad Godesberg. Fünf Semester Germanistik und Kunstgeschichte in Bonn. 1959 Heirat, drei Kinder in dreieinhalb Jahren. Mitarbeit in der Arztpraxis des Mannes. Bescheidene Anfänge mit Kindergeschichten, 1991 der erste Roman „Der Hahn ist tot". Es folgten weitere Romane und Kurzgeschichten.

Dr. Heiger Ostertag, Jahrgang 1953, ist Historiker und Germanist sowie Verfasser mehrerer geschichtlicher Romane, zahlreicher „krimineller Werke" und Autor einer breiten Palette von historischer Fachliteratur. Heiger Ostertag lebt in Stuttgart.

Helena Reich wurde 1965 in der ehemaligen Tschechoslowakei geboren, lebt seit 1969 in Deutschland, studierte Amerikanistik, Politik und Geschichte, arbeitete als Journalistin und klassische Homöopathin und schreibt inzwischen hauptberuflich „Prager Romane mit Leiche". Seit 2009 lebt sie mit ihrer Familie in Stuttgart.

Britt Reißmann, geboren 1963 in Naumburg/Saale, war Intarsienschneiderin und Sängerin, bevor sie nach Baden-Württemberg kam. Seit 1999 arbeitet sie bei der Mordkommission Stuttgart. Sie veröffentlichte zahlreiche Kurzkrimis sowie die Romanserie um die Ermittlerin Thea Engel (Emons Verlag). Ihr Stuttgart-Krimi „Der Traum vom Tod" wurde mit dem DeLiA-Literaturpreis 2009 für den besten deutschsprachigen Liebesroman ausgezeichnet.

Gisela Sachs, preisgekrönte Krimiautorin, Mitglied der Autorenvereinigung der „Mörderischen Schwestern", Schreibwettbewerbpreisträgerin. Veröffentlichungen: Psychothriller. Beziehungsroman. Mutter-Tochter. Kinderbuch. Kurzgeschichten. Lyrik.

Niklaus Schmid, 1942 geboren, lebt als freier Schriftsteller in Duisburg und auf Formentera. Er schreibt Reisebücher, Hörspiele und Krimis. Bekannt wurden vor allem seine Romane um den Privatdetektiv Elmar Mogge: „Der Hundeknochen" und

„Bienenfresser“ sowie „Stelzvogel und Salzleiche“ (Grafit Verlag). Für seine Kurzgeschichte „Müntefering singt“ wurde er mit dem Kulturpreis Hochsauerlandkreis ausgezeichnet.
www.niklaus-schmid.de

Michael Wanner, geboren 1954, studierte in Tübingen Germanistik, Pädagogik und Rechtswissenschaft. Er vertritt Gewerkschaftsmitglieder vor Arbeits- und Sozialgerichten. Mit seiner Frau, die wie er Kriminalromane, Drehbücher und Theaterstücke schreibt, wohnt er in Tübingen.

Peter Wark ist Schwabe von Geburt und Gesinnung, fühlt sich dennoch als weltoffener Kosmopolit und hat bisher acht Kriminalromane unterschiedlichster Art vom Regionalkrimi bis zum Noir veröffentlicht. Seine Bücher spielen auf der Schwäbischen Alb, den Kanarischen Inseln, in München und Frankfurt. In seinen Kurzgeschichten mordet er weltweit.

Stefanie Wider-Groths Romane haben einen festen Platz im Krimiregal, seit 2009 mit „Tatort Hölderlinplatz“ Kommissar Emmerichs erster Fall erschien. Die studierte Germanistin ist verheiratet und lebt in Stuttgart.